AF282015

GRIGORIOS XENÓPULOS

ESTELA VIOLANDI

Introducción, traducción y notas de
Panagiota Papadopoulou y Mª Salud Baldrich López

GRIGORIOS XENÓPULOS

ESTELA VIOLANDI

Introducción, traducción y notas de
Panagiota Papadopoulou y Mª Salud Baldrich López

Granada 2025
CENTRO DE ESTUDIOS BIZANTINOS NEOGRIEGOS Y CHIPRIOTAS

Biblioteca de Autores Clásicos Neogriegos

Directora
Alicia Morales Ortiz

Comité científico
Juan Luís López Cruces, Ernest Emili Marcos Hierro,
Andrés Pociña Pérez, Penélope Stavrianopulu

DATOS DE PUBLICACIÓN

Grigorios Xenópulos: *Estela Violandi*

Introducción, traducción y notas de
Panagiota Papadopoulou y Mª Salud Baldrich López

pp. 95

1. Narrativa   2. Literatura Griega Moderna

© Centro de Estudios Bizantinos, Neogriegos y Chipriotas
www.centrodeestudiosbnch.com
© De la traducción: Panagiota Papadopoulou y Mª Salud Baldrich López

Texto revisado por Gonzalo Espejo Jáimez

Primera edición: 2025
ISBN: 978-84-18948-53-4
Depósito legal: GR 1288-2025

Maquetación: Jorge Lemus Pérez

Ilustración de la portada: Zante. Grabado de Dieudonné Auguste Lancelot (1822-1894), basado en un boceto de Henri Bell (1837-1908).

Reservados todos los derechos. Queda prohibida la reproducción total o parcial de la presente obra sin la perceptiva autorización.

ÍNDICE

INTRODUCCIÓN

Datos biográficos

Grigorios Xenópulos, uno de los eruditos más productivos de su generación, destacado prosista, autor teatral, columnista, editor y crítico, nació en Constantinopla el 9 de diciembre de 1867[1]. A los once meses, su familia se estableció en Zante, isla ocupada por los venecianos en el siglo XVI, de donde era su padre, Dionisios, comerciante, cuyos antepasados provenían del Peloponeso. Su madre, Evlalia, era de Constantinopla, fanariota, de familia procedente de Cesarea[2]. Su traslado a tan temprana edad de Constantinopla a Zante le permitió no solo conocer el mundo en la isla del Heptaneso, un lugar de hermosa naturaleza, sino también los usos y costumbres, la historia y, en general, la cultura del Heptaneso. En consecuencia, se crio y se formó en un ambiente cultural e ideológico que combinaba la cultura del Fanari de Constantinopla por parte de madre, el Helenismo de Moreas por parte de padre, la tradición occidental y de Zante, y la educación ateniense, dado que, en el año 1883, se marchó a Atenas. Allí empezó a estudiar física y matemáticas en la Universidad, estudios

---

[1] Véase sobre la vida de Xenópulos, Ξενόπουλος Γρ., *Η ζωή μου σαν μυθιστόρημα. Αυτοβιογραφία*, Αδελφοί Βλάσση, Atenas, 1984; «Γρηγόριος Ξενόπουλος» (entrada), *Μεγάλη Εγκυκλοπαίδεια της Νεοελληνικής Λογοτεχνίας: από τον 10° αιώνα μ.Χ. μέχρι σήμερα*, t. 10, Χάρη Πάτση, Atenas, 1968, pp. 582-620; «Γρηγόριος Ξενόπουλος» (entrada), Κωστελένος, Δ. (ed.) *Βιογραφική Εγκυκλοπαίδεια Ελλήνων Λογοτεχνών*, t. 3, Εκδόσεις Αφοι Κ. Παγουλάτου, Atenas, 1976, pp. 169-174; «Γρηγόριος Ξενόπουλος» (entrada), *Εκπαιδευτική Ελληνική Εγκυκλοπαίδεια. Παγκόσμιο Βιογραφικό Λεξικό*, t. 7, Εκδοτική Αθηνών, Atenas, 1988, pp. 405-407; «Γρηγόριος Ξενόπουλος» (entrada), *Λεξικό Νεοελληνικής Λογοτεχνίας: πρόσωπα, έργα, ρεύματα, όροι*, Πατάκη, Atenas, 2007, pp. 1600-1602; Σαχίνης, Α., *Το νεοελληνικό μυθιστόρημα. Ιστορία και κριτική*, Atenas, 1972, p. 241; Κατσίκη-Γκίβαλου, Α., «Γρηγόριος Ξενόπουλος: Σύγχρονες αναγνώσεις» en *Γρηγόριος Ξενόπουλος. Πενήντα χρόνια από το θάνατο ενός αθάνατου (1951-2001)*, Ελληνικό Λογοτεχνικό και Ιστορικό Αρχείο, Atenas, 2003, p. 12.

[2] Ξενόπουλος, Γρ., (1984), p. 67.

que nunca finalizó, ya que, desde el primer año, la literatura y el periodismo le atraen definitivamente y van a ser, en principio, su *modus vivendi*, al colaborar en muchos periódicos y revistas de su época. Él mismo en su autobiografía escribió: "Soy de Zante y de Moreas, también del Este. En mi interior, en mi sangre, en mi algo, poseo todo el helenismo"[3].

En 1892 se instaló definitivamente en Atenas y en 1894 se casó con Efrosini Diogenidi. La pareja se divorció un año y medio después, cuando ya habían tenido una hija, y el autor volvió a casarse en 1901 con Jristina Kanelopulu, con quien tuvo dos hijas más.

Xenópulos colaboró con numerosos periódicos y revistas en los que publicó sus obras. Asimismo, en 1894 y hasta 1895, asumió la dirección de la revista *Estía Ilustrada*, y en 1927 fundó la *Nea Estía,* revista que se sigue publicando hasta la actualidad de la cual desempeñó el cargo de director desde 1927 a 1932, y, junto con el escritor y crítico Petros Haris, desde 1933 a 1935. Durante casi medio siglo (1896-1945), Xenópulos fue el cerebro, como redactor jefe y director, de la revista infantil *H Διάπλασις των Παίδων (Formación de los niños)* de la que fue suscriptor durante su infancia. Su contribución a la educación y al cultivo estético de los niños fue especialmente significativa, dado que, a través de sus más de 2.000 *Αθηναϊκαί Επιστολαί (Cartas Atenienses)*, publicadas en dicha revista bajo el seudónimo de *Fedón,* se convirtió en educador, consejero y guía de la juventud griega. Esta revista, cuya alma fue Xenópulos, fue un hito en la vida de muchos niños y les abrió el camino hacia la literatura y el pensamiento. Se convirtió en semillero de muchos intelectuales y dio un nuevo impulso a la literatura infantil griega, que por entonces apenas daba sus primeros pasos. Hoy podríamos considerarla la revista infantil más emblemática de Grecia, que ejerció una influencia decisiva en la formación intelectual de los jóvenes.

Las *Cartas Atenienses* comenzaban con el saludo estereotipado "Queridos míos" y terminaban con la despedida "Os abrazo, Fedón". Su extensión era proporcional al tema que trataban y solían ocupar dos columnas y media

---

[3] *Ibidem*, p. 41.

de una página de la revista. La primera se publicó en el volumen de 1896, es decir, el primer volumen que Xenópulos elaboró como nuevo redactor jefe de *Formación de los niños*. Hasta 1916, las cartas se escribían en *katharévusa*, que se fue simplificando cada vez más. A partir de 1916, se escribieron, al igual que casi todo el contenido de la revista, en *dimotikí*. Xenópulos consideraba las *Cartas Atenienses* como "crónicas infantiles" y "crónicas formativas"[4]. Sus temas principales fueron la literatura, la naturaleza, lo social, la cultura popular, la educación, la religión, el teatro infantil, etc.

Durante estos cincuenta años, Xenópulos luchó por infundir optimismo en el alma de los jóvenes. Quería que vieran el futuro siempre mejor que el presente. Así, pasó por alto los acontecimientos históricos de cariz trágico. No pocas veces embelleció la miseria del presente. En sus cartas no hace crítica social; no trata de problemas sociales, de injusticias sociales, de privilegiados y no privilegiados; esto lo hace en mayor grado en el resto de su producción y, sobre todo, en sus novelas. Fue un hombre que amó de verdad a la juventud de su tiempo y que no escatimó esfuerzos ni sintió fatiga en educarla, a su manera, durante cincuenta años. Naturalmente un "maestro" así era amado, por no decir adorado, por sus jóvenes lectores. Ellos le consideraban su padre espiritual. Le transmitían sus preocupaciones y opiniones, y él siempre estaba dispuesto a responder de buen grado a sus opiniones y a calmar sus preocupaciones. Siempre creyó en el futuro e intentó transmitir esta fe a los jóvenes. Estos jóvenes se convirtieron en miembros de una comunidad, quedando entrelazados anímicamente y compartiendo los mismos bienes espirituales. Y no era para menos. Estos lazos no se rompían cuando los jóvenes discípulos alcanzaban la mayoría de edad. Fueron cincuenta los años de vida de la Η Διάπλασις των Παίδων (Formación de los niños) con miles de lectores, miles "diaplasópula"[5].

---

[4] Μαλαφάντης, Κ. Δ., *Οι «Αθηναϊκαί επιστολαί» του Γρηγορίου Ξενόπουλου στη Διάπλαση των Παίδων 1896-1947*, Atenas, Αστήρ, 1995, pp. 65-66.

[5] Πλήσης, Κ., «Σας ασπάζομαι Φαίδων», *Τετράδια Ευθύνης*, n° 39, 2001, pp. 175-176. (La tra-

Tras la unión, en 1864, del Heptaneso a Grecia, Zante emerge de la ocupación inglesa con dos clases en conflicto: la burguesía de comerciantes y artesanos de la isla, por un lado, y la aristocracia feudal, por otro[6]. Con estos antecedentes, Xenópulos intenta desplegar en sus obras ante el lector o el espectador la crueldad del destino y el conflicto de las clases sociales.

Asimismo, colaboró con la revista *Panathínea* y los periódicos *Kathimerini*, *Ethnos* y *Ta Néa* en los que aparecieron estudios, artículos, relatos y novelas suyos. En la revista *Panathínea*, en la que Xenópulos publicó desde 1901 hasta 1912 obras literarias y estudios, el 30 de noviembre de 1903 escribió el histórico artículo Ένας Ποιητής (*Un poeta*), que constituye la primera presentación laudatoria al público griego de la obra de Konstantinos Kavafis, a quien conoció en su viaje a Atenas en el año 1902. Este artículo fue un auténtico manifiesto de admiración, en el que no solo expresó su entusiasmo ante la obra de Kavafis, sino que también seleccionó algunos de sus poemas para ilustrar su originalidad, profundidad y estilo. Más tarde, en 1909, Xenópulos participó en la fundación de la "Asociación Etnográfica Griega" y, en 1934, en la fundación de la "Asociación de Literatos Griegos"[7], de la que fue su primer presidente (1934-1937).

En el capítulo de premios, en 1912 obtuvo el Premio del Estado con la condecoración de la Cruz de Plata y de Cristo Salvador; logró, en 1922, el Premio de la Academia de las Letras y las Artes; consiguió, en 1924, el Premio de las Letras y de las Artes, premio al que hacía ya tiempo aspiraba[8]; fue premiado, en 1929, por la Academia de Atenas por su obra literaria.

Presidente del Teatro Nacional, en 1931, y miembro del primer comité de los Premios Estatales de Literatura en 1939, en la Segunda Guerra Mundial, durante el conflicto greco-italiano de 1940, Xenópulos, junto

---

ducción de este fragmento, así como las del resto del Estudio, son propias). Con el término *diaplasópula* se refiere a los niños seguidores de la revista.

[6] Κυριακή, Γ., *Η ανταπόκριση της κριτικής στο αφηγηματικό έργο του Γρ. Ξενόπουλου (1833-1951)*, (Tesis Doctoral), Kalamata, 2010, p. 7.

[7] Εταιρία Ελλήνων Λογοτεχνών: https://eel.org.gr/members (21-06-2025).

[8] Ξενόπουλος, Γρ., (1984), p. 10.

con otros intelectuales griegos, firmó el "Llamamiento de los intelectuales griegos a los intelectuales de todo el mundo"[9], en el que, por un lado, se condenaba el ataque italiano y, por otro, se incitaba a la opinión pública mundial a una revolución de conciencias para un nuevo maratón espiritual común.

En cuanto a la relación de Xenópulos con la política, hay que reseñar que, aunque provenía de una familia acomodada, no pertenecía a la aristocracia y seguía los problemas tanto de los ciudadanos sobresalientes como de los pobres. Al llegar a Atenas llevó consigo la idea del socialismo humanitario y en la ciudad entró en contacto con los líderes del partido socialista a los que se unió y ayudó en la publicación de los periódicos socialistas *Ardin*, del que fue redactor en 1885, y *Sociedad*. Él creía en un socialismo que cambiara la sociedad sin episodios de violencia y sin víctimas, y que solo las ideas socialistas podrían corregir la desigualdad entre ricos y pobres, por lo que consideraba significativo el ascenso del nivel espiritual del pueblo. Desde pequeño había tenido conciencia de las diferencias de clases y, según afirma[10], su familia evitaba hablar del abuelo, porque tenía la profesión de zapatero.

En 1944, unos desconocidos volaron su casa en la calle Evripidou, con lo que se perdió su enorme archivo. Murió en 1951, a los 84 años, en Atenas, lejos de su amada isla. Su funeral fue celebrado y costeado por el erario público y a sus exequias, celebradas en la catedral de Atenas, asistió un numerosísimo público que mostró el gran amor que se le profesaba[11].

En 1998, fue fundado en Zante el Museo Grigorios Xenópulos, que contiene objetos personales del autor, sus manuscritos, ediciones de sus obras, números de revistas, libros diversos, folletos, material impreso, material fotográfico, etc.

---

[9] Ha sido publicada en el periódico *Νέα Ελλάς*, 10-11-1940.

[10] Τριχιά-Ζούρα, Μ., *Η αυτοβιογραφία του Γρηγόριου Ξενόπουλου*, (Tesis Doctoral), Universidad de Atenas, 2001, p. 181.

[11] Ξενόπουλος, Γρ., (1984), p. 50.

Obra

Su adscripción literaria se puede situar en el grupo de escritores del Heptaneso postsolomista[12] y en la corriente renovadora de la prosa tras la generación de 1880, siendo uno de los eruditos más productivos de la citada generación. Influido por los movimientos culturales europeos, no se limita al marco de la novela costumbrista, utilizada para crear la atmósfera que necesitaba para su obra[13], sino que pasó rápidamente a la novela urbana realista y, más tarde, naturalista con elementos de reflexión social.

Grigorios Xenópulos es considerado precursor de la "novela urbana" en Grecia y ha sido reconocido por reputados académicos y críticos[14]. Su interés por la novela como género en constante progreso y desarrollo y, sobre todo, como reflejo de la propia realidad y la evolución se manifestó muy pronto. Las novelas de Xenópulos transcurren en Atenas y en Zante; el autor pretende describirnos la sociedad griega de su época, tanto en la capital como en las provincias. Ya con sus dos primeras novelas *O άνθρωπος του κόσμου*, 1888, (*El hombre del mundo*) y *Νικόλας Σιγαλός*, 1890, (*Nicolás Sigalós*) intenta describir el entorno ateniense, mientras que con las siguientes: *Μαργαρίτα Στέφα*, 1893, (*Margarita Stefa*), *Ο Κόκκινος βράχος*, 1905, (*La Roca roja*) ofrece una acertada descripción de la vida en Zante. La primera de estas es también la última que escribe en *katharévusa*; el resto de su obra la escribirá en *dimotikí*, pero una *dimotikí* sencilla y muy cercana a la lengua común.

En su discurso de ingreso en la Academia de Atenas el 30 de enero de 1932, titulado *To ελληνικό μυθιστόρημα (La novela griega)*, afirma que "la ficción es un ejemplo de la gran vanguardia de una nación"[15].

---

[12] Γουλή, Ε., *Λεξικό της Νεοελληνικής Λογοτεχνίας. Πρόσωπα. Έργα. Ρεύματα. Όροι*, Εκδόσεις Πατάκη, Atenas 2007, pp. 1601-1602.

[13] Ξενόπουλος, Γρ., (1984), p.14.

[14] Κατσίκη-Γκίβαλου, Ά., «Γρηγόριος Ξενόπουλος: Σύγχρονες αναγνώσεις» en *Γρηγόριος Ξενόπουλος. Πενήντα χρόνια από το θάνατο ενός αθάνατου (1951-2001)*, Ελληνικό Λογοτεχνικό και Ιστορικό Αρχείο, Atenas, 2003, pp. 12-13.

[15] Ξενόπουλος, Γρ., (1984), p. 16.

Xenópulos fue pionero en comprender la gran importancia de la novela como género literario contemporáneo, quizás el único que podía responder a la necesidad básica de la moderna sociedad griega de los primeros años del siglo XX. Sus novelas están influidas por el realismo y el naturalismo, y él mismo reconoció a Balzac y Zola como sus maestros, e incluso a Dickens y Daudet[16]. Con su obra, la literatura griega moderna dio un gran salto, desde el marco limitado del relato etnográfico a la compleja novela urbana. Y no deja de ser significativo que Xenópulos fuera leído por un público muy amplio, ensanchando así el interés general por la literatura.

La localización y el ambiente de las novelas de Xenópulos son, por tanto, Zante y Atenas. Le interesa retratar a la sociedad griega de la época, aunque sitúe a sus personajes en sociedades más antiguas, sobre todo cuando la obra está ubicada en Zante. Buscó sus personajes en su entorno familiar y en los recuerdos de sus años infantiles, registrando las costumbres, maneras y actitudes de los habitantes, y describiendo con detalle el entorno urbano y, específicamente, la plaza Ruga, delante de la tienda de su padre. De manera característica su amigo y literato, Marinos Siguros, escribió quince años antes del desastre por el terremoto de 1953 que

> *"[…] Si suponemos que un terrible terremoto, más fuerte que todos los que se han producido hasta la fecha, destruye y hunde en el mar la encantadora isla del mar Jónico, los zacintios no temen perecer, como los habitantes de la Atlántida, porque pervivirían fielmente en la obra de Xenópulos»*[17].

Por otro lado, el mismo Xenópulos en su autobiografía expuso:

> *"…hasta los veinte años yo era zacinto. Luego me convertí en ateniense, y solo de vez en cuanto visitaba mi tierra natal, hasta que llegó el momento en que dejé de ir del todo. Pero nunca dejé de amarla, de adorarla, de añorarla. Nunca logré convertirme en un ateniense*

---

[16] Πολίτης, Λ., *Ιστορία της νεοελληνικής λογοτεχνίας*, Μορφωτικό Ίδρυμα Εθνικής Τραπέζης, Atenas, 1998 (9ª ed.), pp. 214-215.
[17] Τρωβάς, Δ., *Γρ. Δ. Ξενόπουλος: Η ζωή και το έργο του*, Atenas, ed. Βασιλείου, 1984, p. 72.

puro. En el fondo, siempre he sido zacintio. Por eso, mis obras, que suelen dividirse en zacintias, atenienses y mixtas, son en esencia todas zacintias. La obra es el hombre. Y un hombre que siempre ha sido zacintio, lo sigue siendo en su obra".

Xenópulos poseía una facilidad narrativa natural, una lengua sencilla, fluida, que gustaba a todos, y ello hizo que nunca fuese un narrador aburrido o cansino. Su obra ofrece bastante riqueza, con diálogos naturales, agudeza de observación y una técnica intachable. Estas capacidades posibilitan que sea un incansable creador de nuevas palabras, consecuencia de su amplia colaboración en periódicos, revistas, teatro, novela, relato, libros infantiles, ensayo o poesía. La gran variedad y cantidad de su obra hicieron que la calidad de la misma se pudiese a veces ver afectada y, en algunos casos, se detectan signos de improvisación, al adaptarla al gusto del lector medio. A pesar de ello, la crítica le reconoce facilidad narrativa, agudeza y una técnica irreprochable[18]. En esos años de florecimiento, fuerza, grandeza, riqueza y cultura, buscó y encontró un material rico y abundante al que sacó un adecuado provecho.

Escribió más de 80 novelas y muchos relatos y, como ya se ha indicado, su primera aparición en las letras fue en 1888 con la novela Ο άνθρωπος του κόσμου (*El hombre del mundo*) y poco más tarde, con Νικόλας Σιγαλός, 1890, (*Nicolás Sigalós*), ambas novelas "atenienses", de gran éxito. Más tarde, su inspiración se volvió hacia su patria chica y escribió alguna de sus mejores obras como Μαργαρίτα Στέφα, 1893, (*Margarita Estefa*), Κόκκινος βράχος, 1905, (*La Roca roja*), que refleja, de manera muy acertada, la vida en Zante. Otras de sus más importantes novelas fueron Ο πόλεμος, 1914, (*La guerra*) y Οι μυστικοί αρραβώνες, 1915, (*Las bodas secretas*) también novelas "atenienses" y Λάουρα, 1915, (*Laura*), novela con argumento de Zante como también lo son Αναδυομένη, 1923, (*La emergente*) y Τερέζα Βάρμα-Δακόστα, 1925, (*Teresa Varma Dacosta*). Sin embargo, su intento más ambicioso fue su obra de carácter social, la trilogía

---

[18] Ξενόπουλος, Γρ., (1984), pp. 39-40 y Politis, L., *Historia de la literatura neohelénica*, (1994), p. 181.

Πλούσιοι και φτωχοί, 1919, (*Ricos y pobres*), *Τίμιοι και άτιμοι*, 1921, (*Honrados y deshonrados*) y *Τυχεροί και Άτυχοι*, 1926, (*Afortunados y desafortunados*), novelas desarrolladas en Atenas y Zante, por tanto "novelas urbanas". Pero, tal vez sea *Το Φάντασμα*, 1914, (*El Fantasma*), su obra más original, una historia verdadera del siglo XVIII durante la ocupación veneciana de Zante.

La novela urbana se ubica en el tercer periodo de la novela neohelénica y hasta 1930 no dio muchos frutos dignos de mención, pero abrió el camino para el aprovechamiento novelesco de la vida de la ciudad, fundamentalmente Atenas y antes de la guerra, con anterioridad a 1914, marco aprovechado por Xenópulos y otros escritores. Pero ya en las primeras décadas del siglo XX se puede hablar de novela urbana "ateniense", cuyo introductor fue Xenópulos con sus obras *Άνθρωπος του κόσμου*, 1888, (*El hombre del mundo*) y *Νικόλας Σιγαλός*, 1890, (*Nicolás Sigalós*). Ambas novelas fueron criticadas por las deficiencias que mostraban, dado que Xenópulos no conocía bien los usos y costumbres de Atenas ya que llevaba poco tiempo viviendo allí. Mas son estas obras, influidas por el realismo urbano que dominaba en esa época en Europa y en América, las que hacen que sea considerado como el introductor de la novela urbana, quedando reflejada en ella su propia realidad. No hay que olvidar que pertenece a la generación de 1880, fecha que supone un hito en la historia de la literatura neohelénica, al dar comienzo el renacimiento literario con Palamás y con la obra de Roidis *Η Πάπισσα Ιωάννα*, 1866, (*La Papisa Juana*).

Conviene destacar que las obras de Xenópulos continúen siendo objeto de reediciones hasta la actualidad, lo que pone de manifiesto su pervivencia en el ámbito editorial, así como el interés sostenido que despiertan.

Teatro

La contribución de Grigorios Xenópulos al teatro griego contemporáneo es inconmensurable. Ningún otro escritor del siglo XX ha marcado tan profundamente la vida teatral de Grecia como él. No solo porque sentó las bases y enriqueció la dramaturgia contemporánea, sino también porque durante las décadas de su apogeo creativo contribuyó de manera variada y dinámica a la evolución del teatro griego y participó en acontecimientos importantes. Cabe mencionar que, en febrero de 1901, lideró, junto con Kostis Palamás, la iniciativa para que escritores de prestigio e intelectuales apoyaran la fundación por Konstantinos Jristomanos de la vanguardista *Nueva Escena,* cuyo objetivo era el renacimiento y la modernización del teatro griego[19].

Trasladó muchas de sus novelas al teatro y, al mismo tiempo, adaptó numerosas obras extranjeras. Gracias a su conocimiento de idiomas, se informaba a tiempo de los acontecimientos intelectuales importantes que tenían lugar en los grandes países europeos y, con su talento para la teoría y la crítica, se convertía en su portavoz en Grecia. Ya en octubre de 1894 prologó la primera representación en Atenas de *Los vampiros* de Henrik Ibsen por la compañía de Eftijios Bonasera, escribió sobre el gran dramaturgo noruego y, apenas en el primer año del siglo, destacó en sus artículos la personalidad dramática de August Strindberg[20].

Sus obras conocidas, entre dramas y comedias, suman cuarenta y seis, La mayoría, veintiocho, son en tres actos; seis, en cuatro; tres, en dos; y cinco en un solo acto. Al parecer, Xenópulos prefería la estructura en tres actos para sus obras. Tanto sus dramas como sus comedias son obras costumbristas, no solo porque con datos pintorescos muestran la vida de una época o de una sociedad local, sino, principalmente, porque las particularidades locales y estacionales adquieren a menudo la fuerza implacable

---

[19] Ασημακόπουλος, Κ., «Ο Γρηγόριος Ξενόπουλος και το θέατρο», *Τετράδια Ευθύνης,* n° 39, 2001, p. 12.
[20] *Ibidem,* pp. 16-18.

de leyes no escritas que se imponen a los miembros de las sociedades, guían sus acciones y, a menudo, los oprimen.

Las obras de Xenópulos se clasifican también según el lugar donde se desarrollan: en Zante o en Atenas. Es digno de mención que, en un período de la literatura griega y, en particular, de la poesía, en el que se distinguían dos escuelas, la ateniense y la de Heptaneso, Xenópulos viene a tender un puente con su teatro. El rasgo principal de la personalidad dramática de Xenópulos es su capacidad para no limitarse a la superficie de los temas, sino, en muchos de los casos, para profundizar en ellos. En sus mejores dramas, no solo plantea a sus protagonistas dilemas cruciales que los ennoblecen o los degradan como seres humanos, sino que los desafía a enfrentarse a temas decisivos de su existencia, como la moral o el miedo a la muerte y a cualquier tipo de desgracia, llamándolos también a sobreponerse con su valentía y fortaleza mental a modelos de vida. La familia y el amor dominan temáticamente sus obras: la familia con variaciones en las relaciones entre cónyuges, padres e hijos, a menudo en relación con su entorno social y de clase; el amor en toda su extensión, desde los primeros suspiros idílicos de las chicas hasta la fuerza reveladora e indomable que a veces culmina en sus heroínas conscientes de su decisión de huir voluntariamente de la vida o con otra acción suya equivalente a la muerte anímica. Las condiciones sociales, las diferencias de clase y las leyes tradicionales no escritas intervienen a menudo en las historias familiares o amorosas de sus obras. En sus dramas, al igual que en sus sólidas novelas, se reflejan las preocupaciones sociales y los conflictos entre personas por motivos de clase y queda clara la postura progresista y democrática del autor, inspirada en la fe en la justicia verdadera, a la vez que se expresa el respeto por los valores morales de la tradición para preservar la belleza de la vida.

En 1895 se estrenó su obra Ψυχοπατέρας (*Padre adoptivo*) en la *Nueva Escena* de Jristomanos. El primer período de su producción teatral cerró con las obras Κωμωδία θανάτου - Ο μακαρίτης Μαύσωλος (*Comedia de la muerte - El difunto Mausolos*) (temporada 1896-1897) y Το μυστικό της Κοντέσσας Βαλέραινας (*El secreto de la condesa Valérena*), que escribió en respuesta a la llamada de Jristomanos. Esta última se representó en la *Nueva Escena* en 1904 sin especial repercusión. Tras las críticas recibidas, Xenópulos decidió "descender al público", trasladando sus novelas o relatos cortos al escenario y viceversa, y es el primer escritor que escribe la mayoría de sus papeles para protagonistas ya determinadas[21]. Muchas son las obras de Xenópulos que fueron representadas tanto en el siglo XX como en el XXI y, entre ellas se encuentran, aparte de las anteriormente referidas, *Ο τρίτος* (*El tercero*), *Η ξανθή περούκα* (*La peluca rubia*), *Φωτεινή Σάντρη* (*Fotiní Sandri*), *Στέλλα Βιολάντη*, (*Estela Violandi*), *Ραχήλ* (*Raquel*), *Ο πειρασμός* (*La tentación*), que se representó por primera vez con el título, *Ένα σπίτι άνω - κάτω* (*Una casa arriba-abajo*) y Xenópulos la presentó bajo el pseudónimo de G. Fremd, *Ψυχοσάββατο* (*El día de los muertos*), *Χερουβείμ* (*Querubín*), *Πολυγαμία* (*Poligamia*), *Μονάκριβη* (*Única y muy amada*), en cuyo programa de mano aparece con el pseudónimo de Roberto Stani, *Το ζευγάρωμα* (*El apareamiento*), *Το φιόρο του Λεβάντε* (*La flor del Levante*), *Δεν είμαι εγώ* (*No soy yo*), *Ο έρως θριαμβεύει* (*El amor triunfa*), *Η τιμή του αδερφού* (*El honor del hermano*), *Ντετέκτιβ* (*Detective*), *Ο Νίκος γυναίκα* (*Nikos mujer*), *Οι φοιτητές* (*Los estudiantes*), *Πεπρωμένα* (*Destinos*), *Το ανθρώπινο* (*Lo humano*), *Μαριτάνα* (*Maritana*), *Η εξαδέλφη μου* (*Mi prima*), que fue una adaptación de la novela de Jeanne de la Brete, *Η τρίμορφη γυναίκα* (*La mujer de tres caras*), *Η δίκη του θανάση* (*El juicio de la muerte*), *Αναδυομένη* (*La emergente*), *Χαίρε νύμφη* (*Salve ninfa*), *Θείος όνειρος* (*Sueño divino*), *Ανιέζα* (*Anieza*), *Ο ποπολάρος* (*El popular*), *Να ξαναπάρεις τη γυναίκα σου* (*Recupera a tu esposa*), *Έτσι είναι ο κόσμος* (*Así es el mundo*), *Τόπο στα νειάτα* (*Lugar para jóvenes*), una adaptación de la obra homónima de L. Fodor, *Η καλλιτέχνις* (*La artista*), obra de un solo acto que fue representada en una velada poética del Teatro Nacional.

---

[21] Γουλή, Ε., (2007), p. 1601.

La obra de Xenópulos en la pequeña pantalla

Durante las décadas de 1970 y 1980 varias de sus obras fueron adaptadas para la televisión griega, en particular por el canal estatal EIRT[22]. Estas adaptaciones solían emitirse como series dramáticas o telefilmes y eran populares entre el público por su carga emocional, su ambientación histórica y la fidelidad a los valores tradicionales. Fue entonces, cuando la audiencia televisiva de la época redescubrió a Grigorios Xenópulos, ya que, entre 1975 y 1990, once obras literarias del escritor de Zante fueron llevadas a la pequeña pantalla[23].

La primera fue *Τερέζα Βάρμα-Δακόστα* (*Tereza Varma-Dacosta*), dirigida por Kostas Koutsomytis y adaptada por Vangelis Gufas, que se emitió en 1975. El 11 de noviembre de 1977 comenzó a emitirse la serie social *Αφροδίτη* (*Afrodita*), que constaba de 28 episodios de 45 minutos cada uno. Con esta obra, se inicia la etapa durante la cual Errikos Andreu presentará una serie de obras de Xenópulos en YENED[24]. Tras el exitoso experimento televisivo con *Afrodita*, el canal YENED confió nuevamente en Errikos Andreu para llevar a la pantalla una nueva adaptación de un relato breve de Grigorios Xenópulos. Así, a partir del 3 de noviembre, y en una franja estratégica inmediatamente posterior al informativo principal de los viernes, se emitió la serie *Αναδυομένη* (*La emergente*), compuesta por 16 episodios que lograron cautivar a la audiencia. Posteriormente, el 23 de febrero de 1979, YENED presentó la cuarta adaptación televisiva de una obra de Xenópulos, también bajo la dirección de Errikos Andreu. La serie, titulada *Τυχεροί και άτυχοι* (*Afortunados y Desafortunados*), constó

---

[22] La Fundación Nacional de Radio y Televisión (Εθνικό Ίδρυμα Ραδιοφωνίας Τηλεοράσεως) (EIPT) fue una emisora pública griega fundada el 10 de diciembre de 1970, que surgió como sucesora de EIR, la primera organización de noticiarios en radio y televisión. Fue evolucionando hasta convertirse el 3 de diciembre de 1975 en la actual ERT.

[23] .Información recibida del archivo de la Radiotelevisión Griega (Ελληνική Ραδιοφωνία Τηλεόραση EPT) [10/10/2024].

[24] Servicio de Información de las Fuerzas Armadas (Υπηρεσία Ενημερώσεως Ενόπλων Δυνάμεων, YENEΔ) era la estación televisiva y radiofónica de las Fuerzas Armadas de Grecia, que inició sus transmisiones el 27 de febrero de 1966.

de 30 episodios. Esta producción reafirmó el compromiso del canal con la difusión de la narrativa griega a través del medio televisivo, consolidando la figura de Xenópulos como un referente tanto literario como audiovisual en la Grecia contemporánea.

De forma coherente con el notable éxito alcanzado por las adaptaciones televisivas de las obras de Grigorios Xenópulos, YENED decidió continuar durante la siguiente temporada con esta misma línea de programación. De este modo, el escritor se convirtió en habitual de los viernes televisivos, con nuevas series dirigidas, una vez más, por Errikos Andreu.

El 14 de septiembre de 1979 se estrenó la serie *Μυστικοί αρραβώνες* (*Compromisos secretos*), basada en la novela homónima de Xenópulos. Esta producción sucedió directamente a *Τυχεροί και άτυχοι* (*Afortunados y desafortunados*), cuya emisión concluyó el 7 de septiembre del mismo año. Con un total de 38 episodios, *Compromisos secretos* no solo consolidó la colaboración entre Andreu y YENED, sino que se convirtió en la adaptación televisiva más exitosa de una obra de Xenópulos en la historia de la televisión griega.

Otra destacada adaptación televisiva de la obra de Grigorios Xenópulos fue *Λάουρα* (*Laura*), una serie compuesta por 26 episodios, dirigida por Errikos Andreu. Esta producción fue lo suficientemente valorada como para ser retransmitida en 1981 por la radiotelevisión pública chipriota RIK, lo que evidencia su repercusión tanto en Grecia como en conjunto del ámbito grecoparlante, La séptima adaptación televisiva de una obra de Xenópulos fue *Απερίγραπτη* (*La indescriptible*), también bajo la dirección de Errikos Andreu. Estrenada el 1 de mayo de 1981, la serie mantuvo la estructura de 26 episodios y fue igualmente retransmitida por RIK en 1982.

El 9 de octubre de 1981 se estrenó *Ο κόσμος και ο Κοσμάς* (*El mundo y Cosmás*), primera adaptación televisiva en color de una novela de Grigorios Xenópulos y última dirigida para televisión por Andreu basada en la obra del autor. La novela *Ανάμεσα σε τρεις γυναίκες* (*Entre tres mujeres*) constituyó la novena obra de Xenópulos en ser adaptada a la pequeña pantalla. Bajo la dirección televisiva de Kostas Prekas, esta versión fue emitida inicialmente en la cadena estatal griega y posteriormente retransmitida en los años 1983 (ERT2) y 1991 (ET2). En 1983, la obra *Μαργαρίτα Στέφα* (*Margarita Stefa*) se emitió en la ERT2 como una serie de trece episodios, también bajo la dirección de Kostas Prekas. Por último, *Το φάντασμα* (*El fantasma*), dirigida por Yannis Diamandópulos, representa la más reciente adaptación televisiva de una obra del autor. Su estreno tuvo lugar el 24 de septiembre de 1990 en ET2, con una extensión de trece episodios.

Esta continuidad en las adaptaciones refleja la perdurable vigencia del mundo narrativo de Xenópulos en la programación televisiva de la época.

La obra de Xenópulos en el cine

Aunque la fama de Xenópulos se cimentó principalmente en su producción narrativa y teatral, su obra también fue fuente de inspiración para el cine, especialmente durante las primeras décadas del auge del cine griego. Escribió dos guiones para películas basadas en sus propias obras *Στέλλα Βιολάντη* (*Estela Violandi*, 1931), y *Ο κακός δρόμος* (*El mal camino*, 1933), y otras cinco obras suyas fueron llevadas a la gran pantalla. A pesar de las críticas de Xenópulos al cine, al que considera "sinónimo de bajo gusto en el arte", y, a pesar de su firme posición sobre el teatro al que considera una forma de arte superior, queda de manifiesto, como señala Thanasis Agathos[25], que Xenópulos ha "percibido las infinitas posibilidades del séptimo arte y su papel como medio que llega a amplias masas". Las películas basadas en la prosa o las obras de Xenópulos recogidas por Agathos[26] son *O Κόκκινος βράχος* (*La Roca roja*), de Grigoris Grigoriu, en 1949; *Πρέπει να τα παντρέψουμε* (*Tenemos que casarlos*), de Mauricio Novak, en 1953; *Μέχρι το πλοίο* (*Hasta el barco*), de Alexis Damianos, en 1966, que contiene el cuento *Νανότα* (*Nanota*); *Πειρασμός* (*Tentación*), con el título *Όλοι οι άντρες είναι ίδιοι* (*Todos los hombres son iguales*), de Alekos Sakellarios, en

---

[25] Agathos, Th., *Η κινηματογραφική όψη του Γρηγορίου Ξενόπουλου*, ed. Γκοβόστη, 2016.
[26] Agathos refleja la crítica contemporánea de las películas mencionadas y examina la fidelidad de los guiones y la dirección respecto a la prosa de Xenópoulos, según las teorías literarias "modernas" de Roland Barthes y Wolfgang Iser.

1966, y *Αντάρτης/Ποπολάρος* (*Rebelde/Popular*), con el título *Επαναστάτης ποπολάρος* (*Rebelde popular*), de Giannis Dalianidis, en 1971.

Es importante señalar que la prosa de Xenópulos que "tomó el camino del cine" corresponde principalmente a su parcela etnográfica, ambientada sobre todo en Zante, y no a sus novelas de realismo urbano. Como consecuencia, las adaptaciones cinematográficas no logran ofrecer una imagen completa de su obra literaria, omitiendo aspectos esenciales como su fluidez narrativa, la agudeza de su mirada crítica o la viveza de sus personajes y de las condiciones sociohistóricas de la época, elementos ampliamente elogiados por la crítica contemporánea.

Frente a esta percepción, Agathos sostiene que Xenópulos destacó entre los autores adaptados al cine, precisamente porque las adaptaciones añaden una riqueza de imágenes en movimiento, música, arquitectura, diálogos, entre otros elementos. Desde esta perspectiva, los relatos de Xenópulos se ven enriquecidos por el lenguaje cinematográfico, el cual le confiere una nueva dinámica expresiva y una notable resistencia al paso del tiempo.

La relación del propio Xenópulos con el cine estuvo marcada por la ambivalencia. Por un lado, mostraba admiración por el medio cinematográfico, su técnica innovadora y su capacidad de atracción sobre el gran público y, por otro, mantenía una postura crítica al evaluarlo en comparación con el teatro, arte al que atribuía supremacía debido a su centralidad en la palabra y la expresión dramática. De hecho, Xenópulos dedicó sistemáticamente más de tres décadas a la reflexión y escritura sobre el teatro, reafirmando su preferencia por este género.

Cabe recordar, además, que sus primeras incursiones en el cine lo fueron en el cine mudo, lo cual limitaba las posibilidades expresivas del lenguaje, uno de los pilares de la estética de Xenópulos. No obstante, su actitud inicial, algo reticente hacia el cine sonoro, experimentó una transformación con el tiempo. Prueba de ello es su autorización para la realización de la película *O Κόκκινος βράχος* (*La Roca roja*), dirigida por Grigoris Grigoriu y basada en la novela homónima. A pesar de ello, Xenópulos no llegó a ver la obra finalizada, debido a los graves problemas de salud que enfrentaba en ese periodo.

Estela Violandi

Xenópulos vivió en una época de intensas fermentaciones ideológicas y diversas corrientes intelectuales. Especialmente significativa fue su amistad con Kostís Palamás, la cual influyó profundamente en su pensamiento y en su obra. Adoptó los principios del socialismo humanista, incorporó elementos del realismo burgués y participó activamente en los salones literarios de Kaliroi Parén, aprobando su postura respecto a la emancipación femenina[27]. Paralelamente, su trayectoria literaria se vio moldeada por la influencia de destacados creadores europeos, como Henrik Ibsen, Émile Zola y August Strindberg[28]. Xenópulos fue, por tanto, receptor y portavoz de las corrientes espirituales, de las inquietudes ideológicas y de las transformaciones sociales de su tiempo.

En *Estela Violandi* aborda, aunque de forma indirecta, la candente cuestión del movimiento feminista, por entonces incipiente, que comenzaba a hacerse notar en el periodo en que él desarrollaba su labor literaria. Aunque su postura personal no se expresa de manera explícita, contribuyó a sentar las bases de un diálogo constante en torno a la posición y la identidad de la mujer en la sociedad.

Estela Violandi constituye un drama amoroso ambientado en la isla de Zante hacia el año 1880, en el seno de una familia aristocrática regida por los estrictos principios del patriarcado. La joven protagonista, *Estela*, perteneciente a la nobleza local, se enamora de Jristakis Zamanos, un empleado de la imprenta inglesa, de condición social inferior. Al descubrir el intercambio epistolar entre los dos jóvenes, el padre de Estela, Panayís Violandis, reacciona con extrema severidad: visita a Zamanos en Telégrafos, lo rechaza con violencia, lo amenaza, le pide que le entregue la carta que su hija le envió y le impone que no vuelva a ponerse en contacto con ella. Su negativa se basa en criterios clasistas, pues pretende casar a *Estela* con un comerciante adinerado, de mediana edad y sin atractivo, perteneciente a su mismo estrato social.

---

[27] Πεφάνης, Γ., *Τοπία της δραματικής γραφής: δεκαπέντε μελετήματα για το ελληνικό θέατρο*, Atenas, 2003, p. 449.
[28] Κατσίκη- Γκίβαλου, Ά., *Φιλολογικές διαδρομές Β´*, Atenas, 1998, pp. 31-32.

Ante la resistencia de su hija, que insiste en su deseo de unirse en matrimonio con el hombre que ama, el padre interpreta su actitud como un acto de insubordinación inaceptable. Como castigo ejemplar, la encierra en la buhardilla de la casa, un espacio que se convierte progresivamente en símbolo de confinamiento, tortura física y aniquilación moral, permitiéndole apenas la subsistencia con pan y agua. La madre, figura pasiva y sumisa, no interviene en defensa de su hija, y termina por tolerar las condiciones inhumanas impuestas tanto por su esposo como por el hijo varón de la familia. La única figura que manifiesta una postura empática y solidaria es la tía Ñoña, hermana del padre, quien actúa como contrapunto ético dentro del núcleo familiar.

Estela, fiel a sus sentimientos y a su concepción del amor como valor absoluto e innegociable, se niega a ceder. Su negativa constante no solo representa un acto de resistencia frente al poder patriarcal, sino también una afirmación trágica de su libertad individual. Finalmente, agotada física y emocionalmente, encuentra la muerte en el encierro, elevando así su historia a la categoría de tragedia moral y social.

A través de la narración y los diálogos, el narrador omnisciente, despliega, mediante un lenguaje sobrio, pero eficazmente expresivo, la representación de una familia inserta en la alta burguesía local, la cual opera como reflejo simbólico de la sociedad conservadora y patriarcal que predominaba en la isla de Zante a comienzos del siglo XX.

Los protagonistas de la novela, cuyas vidas se encuentran rígidamente reguladas por la figura patriarcal de Panayís Violandis, responden a un sistema familiar profundamente estructurado, en el que la autoridad del padre condiciona no solo las decisiones individuales, sino también el desarrollo de sus trayectorias vitales y afectivas.

Panayís Violandis se presenta como el padre autoritario por excelencia, una figura trágica atrapada en los estrechos márgenes de la moral social y de clase de su época. Su personaje encarna el autoritarismo patriarcal y el conservadurismo moral de la sociedad griega de principios del siglo XX. El rasgo predominante de su carácter es la devoción absoluta al concepto del honor familiar y del prestigio social, valores que coloca por encima de la felicidad humana, del afecto e incluso de la lógica.

Su relación con su hija, Estela, se caracteriza por la ausencia de comunicación emocional y por una total falta de empatía. Aunque finge comprender, e incluso aprobar, el deseo de su hija por el amor y el matrimonio, en realidad solo le preocupa si su conducta podría comprometer el prestigio de la familia. Su reacción al enterarse de la existencia de una carta, que constituye una prueba comprometedora para el honor de su hija, revela la dureza de su carácter: recurre a la violencia, al encierro y a las amenazas, actuando con el único propósito de encubrir el hecho y evitar el estigma social. Panayís Violándis funciona como símbolo de la opresión patriarcal y del conformismo social, priorizando la apariencia externa y la aceptación pública frente a la libertad y felicidad individuales. Su actitud conduce inevitablemente a la trágica culminación del drama y a la destrucción de Estela, haciéndolo responsable, aunque sea de forma indirecta, de su derrumbe moral y psicológico. Él pertenece a una tradición de figuras paternas autoritarias en la literatura neogriega y europea, que representan el conflicto entre los valores tradicionales y los ideales modernos de libertad individual, amor y autonomía. Su inflexibilidad lo convierte en un agente trágico, no por maldad personal, sino por lealtad a un código moral antiguo, que entra en colisión con la necesidad humana de afecto y realización personal.

La madre de Estela, María Violandi, constituye una figura secundaria en la obra, caracterizada por su actitud sumisa y su incapacidad para reaccionar ante el drama de su hija. Su presencia es marcadamente pasiva: se limita a intentar disuadir a Estela durante su encierro, sin atreverse nunca a enfrentarse al autoritarismo brutal de su esposo. Carece de voluntad propia y personalidad definida, estando completamente subordinada a la autoridad de su marido. Actúa como mediadora entre el padre y la hija. Intenta suavizar los conflictos, tender puentes y promover la reconciliación, aunque, con frecuencia, en vano. A pesar del afecto que siente, es una mujer marcada, carente de la capacidad para enfrentarse a su severo esposo abiertamente. Su voz rara vez se escucha con fuerza en el hogar; más bien, sus palabras se pronuncian en susurros y súplicas, antes que en demandas o reivindicaciones.

Desde una perspectiva sociológica, María encarna el arquetipo de la mujer burguesa perteneciente a la clase media acomodada y cuya conciencia social se halla profundamente limitada por su contexto doméstico. Su actitud revela una marcada indiferencia hacia las problemáticas estructurales de su entorno, lo cual refleja una internalización acrítica de los valores conservadores de su clase. Para su hija anhela un destino análogo al propio, basado en la aspiración de una alianza matrimonial social y económicamente ventajosa, sin manifestar en ningún momento una actitud crítica hacia el orden patriarcal que regula no solo su existencia individual, sino también la estructura y dinámica de la familia en su conjunto.

La tía Ñoña es un personaje que se mueve en los márgenes de la acción secundaria; sin embargo, actúa como nexo entre el padre autoritario y la hija rebelde, desempeñando principalmente el papel de reguladora moral y emocional. Es hermana del padre de Estela y representa una figura trágica. A pesar de su bondad y de su intención de brindar apoyo, permanece esencialmente pasiva y temerosa. Su silenciosa complicidad en el encierro y en la degradación psíquica de Estela convierte su papel en particularmente crucial, ya que encarna la tragedia más profunda de una conciencia social inactiva y conformista.

A pesar de presentarse con la intención de mediar, su presencia se define por una manifiesta incapacidad para oponerse al despotismo de su hermano. Su actitud pasiva permite, aunque de manera involuntaria, la perpetuación de la opresión y el trágico destino de su sobrina. No confronta abiertamente a Panayís Violandis, lo que implica una falta de apoyo sustancial al esfuerzo de Estela por alcanzar la autodeterminación y la independencia emocional. De este modo, encarna la complicidad silenciosa de la sociedad ante la opresión de las mujeres y el sacrificio de la felicidad individual en nombre del honor familiar. Sin embargo, se distingue por su bondad, ternura y un genuino afecto hacia Estela, a quien procura brindar apoyo dentro de los estrictos límites que le impone su rol, en contraste con la actitud del resto de la familia.

El hermano de Estela, Dadís, aunque es un personaje secundario en la obra, desempeña un papel significativo dentro del marco familiar patriarcal y estrictamente jerarquizado que ha construido Panayís Violandis. Se presenta como una figura sumisa y pasiva, que ha asimilado plenamente las normas y los valores impuestos por su padre. No cuestiona la autoridad de Panayís ni intenta defender a su hermana, incluso cuando resulta evidente su colapso psicológico y físico.

Conformado en el modelo autoritario, el hermano no actúa de manera autónoma ni independiente; constituye un engranaje más del sistema familiar que perpetúa la opresión. Muestra crueldad e indiferencia. De esta manera, representa una figura masculina joven carente de postura ética personal y juicio crítico, que sigue los dictados de la autoridad paterna.

Su carácter pone de relieve la complicidad social generalizada, así como la ausencia de modelos masculinos dotados de empatía y coraje moral en la obra. En lugar de convertirse en aliado de su hermana, permanece como un observador silencioso de un drama familiar que desemboca en tragedia.

Jristakis Zamanos es un personaje decisivo, ya que su existencia y su relación con Estela constituyen el detonante del conflicto entre la voluntad individual y la autoridad paterna. Aunque no aparece frecuentemente en escena, su presencia es determinante, puesto que representa la causa del encierro de Estela y, finalmente, de la tragedia que acarrea. Si bien se presenta como el hombre al que ama Estela, su actitud revela un carácter superficial, inmaduro y falto de sinceridad, carente de profundidad moral y del valor necesario para defender su amor. Es, en esencia, un personaje contradictorio y, en última instancia, negativo dentro de la obra. En realidad, Zamanos no ama verdaderamente a Estela; se interesa más por su posición social y su dote. Su comportamiento se define por la cobardía y la indiferencia, y termina comprometiéndose con otra mujer. Su carácter funciona de manera antitética con respecto al de Estela, ya que resalta la grandeza de su fuerza moral y emocional. Él opta por el conformismo, mientras que Estela insiste en su libertad y dignidad, pagando incluso con su vida. Zamanos encarna el símbolo de la pequeñez y de la hipocresía social, traicionando no solo al amor, sino también a la verdad.

Estela Violandi constituye una de las figuras más complejas, conmovedoras y trágicas de la literatura neogriega y, sin duda, el personaje más elaborado dentro de la producción literaria de Grigorios Xenópoulos. Su carácter profundamente trágico y multidimensional encarna el conflicto estructural entre la libertad individual y las restricciones impuestas por su entorno, entre la tradición impuesta y el anhelo de autodeterminación, entre el deber filial y la pulsión amorosa.

A pesar de su origen aristocrático, Estela elige vincularse afectivamente a un hombre de una clase social inferior, asumiendo, con plena conciencia, las implicaciones de esta decisión y eligiendo vivir en el "dulce engaño" de sus sentimientos. Tal elección constituye una transgresión significativa frente a las estrictas convenciones sociales de la burguesía de principios del siglo XX, así como frente a la autoridad férrea de su padre, Panayís Violandis. Esta decisión, tomada conscientemente, provoca una ruptura con él, lo que finalmente lleva a su aislamiento y al deterioro progresivo de su salud. No obstante, Estela mantiene una postura firme: se caracteriza por una integridad moral constante, una dignidad sostenida y una fortaleza interior que se manifiesta en su negativa persistente a renunciar a sus principios más íntimos y traicionar sus convicciones más profundas.

Su lucha, en lugar de ser una mera rebelión, se convierte en una constante búsqueda de coherencia con sus propios principios, que son más importantes para ella que las normas sociales o familiares. Aunque se enfrenta a una muerte trágica, no se puede interpretar su destino como una derrota, sino más bien como la expresión de su integridad y convicciones personales. En este sentido, su trágica caída tiene una dimensión simbólica que se extiende más allá de su tiempo, revelando la profundidad de su carácter. Estela no debe ser concebida como una víctima pasiva de las circunstancias sino como un personaje activo, consciente de su posición y de las implicaciones de sus actos, que se enfrenta con orgullo a los estereotipos sociales que pretenden reducirla al silencio o a la sumisión. Se niega a arrepentirse, incluso cuando su negativa le acarrea la condena del encierro y la muerte. Su ética no radica en la obediencia a los códigos sociales imperantes, sino en la fidelidad a su verdad interior, a su libertad espiritual y a su creencia inquebrantable en sí misma. Es probable que su actitud no responda únicamente a los dictados del amor, sino también a un profundo anhelo de oponerse a toda forma de imposición que se ejerce sobre ella.

En resumen, Estela Violandi emerge como una figura de resistencia, no solo contra las restricciones sociales a las que se enfrenta, sino también contra las expectativas que se le imponen como individuo. Su destino trágico y su integridad la convierten en un personaje que sigue siendo relevante, no solo dentro de la literatura griega, sino también como una reflexión sobre la lucha individual por la autodeterminación frente a fuerzas externas que buscan controlarla.

Estela Violandi *en la escena teatral*

Estela Violandi fue una adaptación de la novela Έρως εσταυρωμένος (*Amor Crucificado*), 1901, preparada a petición de Konstantinos Jristomanos, quien le transmitió el deseo de Marika Kotopuli[29]. El mismo Xenópulos escribió sobre su inspiración para esta obra:

> ... *Pero también esta historia de* Amor crucificado *la saqué de la vida real. No es nada ficticia. No solo en Zante, no solo en Heptaneso, sino también en Grecia en general. Un caso similar ocurrió entonces en Patras, otro en Atenas. Las chicas enamoradas estaban encerradas en ese tiempo en buhardillas o sótanos, para que olvidaran, renegaran de su amor prohibido o murieran. Lo más frecuente era lo primero, pero a veces, como en el caso de Estela Violandi, ocurría lo segundo: el abuso o la transgresión de esta autoridad paterna llegaba al delito y terminaba en tragedia. Así, esta obra, tanto en su trama*

---

[29] Ξενόπουλος, Γρ,. (1984), p. 429.

*como en su idea, es algo genuinamente local, etnográfico si se quiere,
sin la más mínima influencia, creo, de modelos extranjeros, que tan
a menudo vemos en el teatro neogriego...*[30].

La novela Éros Estavromenos, *que luego dramaticé con el título de*
Estela Violandi, *es una inspiración de 1901. Sin embargo, la leyenda
que me inspiró tanto el relato como la obra de teatro es, al menos,
veinte años más antigua. Porque alrededor de 1880 se rumoreaba en
Zante, –yo era un niño entonces–, que un padre cruel encerró a su
hija en la buhardilla de su casa con pan y agua, porque ella amaba
a alguien a quien él no admitía y se negaba rotundamente a aceptar
a otro que él le ofrecía.*

*La infeliz hija murió a causa de ese martirio, pero se silenciaron las
causas de su muerte y la enterraron con pompa, con las manifestacio-
nes más ostentosas de un duelo irremediable. Poco después, cuando ya
era estudiante, oí que se había producido un drama similar en Patras,
y en los primeros años en que se instalaron definitivamente en Atenas,
conocí a una familia muy buena con cuatro hijas, y cuando una de
ellas, la más guapa, murió de forma repentina, supe que sus padres y
sus hermanas –había dos niñeras en esa casa– la mataron a golpes
porque se había enamorado de uno de clase baja. Esta historia ateniense me recordó entonces la antigua historia de Zante y me inspiró
para escribir* El amor crucificado de Estela Violandi, *que causó tanta
impresión cuando se publicó por primera vez en* Panathínea, *que Palamás le dedicó un poema a la heroína, el que incluí como prólogo en
la obra, y Vlasis Gavriilidis escribió un artículo principal en su* Acrópolis –*otros tiempos, otras costumbres*– *con el título* Estela Violandi[31].

El estreno de *Estela Violandi* en 1909 se sitúa en un momento crucial
para el teatro griego moderno en el cual se consolidan nuevas corrientes es-
cénicas que buscan superar tanto el melodrama popular como el clasicismo

---

[30] *Archivo del Teatro Nacional de Grecia:* nota del mismo Xenópulos en el "Boletín de ac-
tuaciones de la temporada teatral 1948-49", n° 5, 30 de marzo de 1949.

[31] Νεοελληνική Λογοτεχνία, n° 1, 1937, p. 1.

excesivo. En este contexto, el teatro de Xenópulos introduce una dimensión psicológica, social y realista, que conecta con las transformaciones de la sociedad griega a comienzos del siglo XX. La obra fue representada por primera vez por la compañía de Kyveli en Patras, en el Teatro Apolo, el 10 de enero de 1909. El estreno oficial en Atenas, en el teatro Omonia, sede de *Nueva Escena*, tuvo lugar el 10 de junio de 1909 a cargo de la compañía de Marika Kotopuli y contó con la asistencia de un selecto público, con una pequeña orquesta y bajo la dirección de Kalomiris. Ambas actrices habían aceptado representarla con la condición de que ambas representaciones no coincidiesen en la misma ciudad.

En concreto, Kotopuli la representó en Atenas y Kyveli en Patras y Salónica[32]. La representación fue un éxito personal para Marika Kotopuli[33], como informó el crítico teatral del periódico *Estía* al día siguiente:

> ...Estela Violandi, *como obra, o más literalmente como producción teatral, parece ir a la zaga de* Sandri; *sin embargo,* Violandi *permanece, si no como "el alma del duelo, el martirio y el sacrificio", donde con las alas de la Musa elevó a la heroína del poeta Sr. Xenópulos, con una etnografía particularmente interesante que vale la pena ver incluso para quienes no siguen nuestra literatura ni han leído los relatos del Sr. Xenópulos... Por supuesto, los actores de* Nueva Escena *que son muy experimentados, también contribuyeron en gran medida, especialmente la protagonista, cuya actuación casi perfecta debe reconocerse ya que el éxito de toda la obra se debe a ella en gran parte. Porque hablamos de éxito, repetimos. Éxito rotundo, atestiguado también por el aplauso general con el que el autor fue recibido repetidamente cuando lo llamaron del escenario...*[34].

---

[32] Γεωργουσόπουλος, Κ., «Ο θεατρικός Ξενόπουλος: Ο διασκεδαστής του εαυτού του» en *Γρηγόριος Ξενόπουλος. Πενήντα χρόνια από το θάνατο ενός αθάνατου (1951-2001)*. Ελληνικό Λογοτεχνικό και Ιστορικό Αρχείο, Atenas, 2003, p. 77.

[33] Ασημακόπουλος Κ., (2001), p. 13.

[34] *Εστία*, 11-06-1909, p. 1.

Obras del autor

Novelas

Θαύματα του Διαβόλου (*Milagros del Diablo*), 1883.

Ο Άνθρωπος του κόσμου (*El hombre del mundo*), 1888.

Νικόλας Σιγαλός (*Nicolás Sigalós*), 1890.

Η Αδελφούλα μου (*Mi hermana pequeña*), 1891.

Μαργαρίτα Στέφα (*Margarita Stefa*), 1906. Primera publicación en la revista *Estía ilustrada*, en 1893.

Το φάντασμα· μια παλιά ζακυνθινή ιστορία (*El fantasma: una antigua historia de Zante*), 1914. Primera publicación por entregas en el periódico *Ethnos* en 1914 y reeditado en 1940 como Τα τρία καρφιά (*Los tres clavos*).

Ο Κόκκινος βράχος (*La Roca roja*), 1915. Primera publicación en la revista *Panathínea* en 1905; adaptada para el teatro en 1908 con el título Φωτεινή Σάντρη (*Fotini Sandri*).

Μενεξεδένιο μπουκετάκι (*Ramito morado*), 1917.

Ο Πόλεμος (*La guerra*), 1919. Primera publicación en entregas en el periódico *Ethnos* en 1914.

Η τιμή του αδελφού Α΄ (*La honra del hermano I*), 1920. Primera publicación en entregas en el periódico *Ethnos* en 1914.

Φοιτηταί κι Αρσακειάδες (*Estudiantes y Arsakiades*), 1919-1920.

Η Σμυρνιά (*La de Esmirna*), 1920.

Σαν εκκλησιά στην ερημιά (*Como una iglesia en el desierto*), 1920.

Λάουρα. Το κορίτσι που σκοτώνει (*Laura. La muchacha que mata*), 1921. Primera publicación en entregas en el periódico *Ethnos* en 1917.

Ο γιος μου κι η κόρη μου (*Mi hijo y mi hija*), 1921.

Αφροδίτη Α΄· Η γυναίκα που σε χάνει Β΄ - Η γυναίκα που σε σώζει, (*Afrodita I; La mujer que hace que te pierdas, II - La mujer que te salva*), 1922. Primera publicación como *Amor funesto* en entregas en el periódico *Ethnos* en 1913.

Η τιμή του αδελφού Β΄ (*La honra del hermano II*), 1923. Primera publicación en entregas en el periódico *Ethnos* en 1914.

Ο κόσμος κι ο Κοσμάς (*El mundo y Kosmás*), 1923. Primera publicación en entregas en el periódico *Ethnos* en 1918.

Ισαβέλλα (*Isabela*), 1923.

Απ' την κουζίνα στο χαρέμι (*De la cocina al harem*), 1923.

Ο Αρραβωνιαστικός μου (*Mi prometido*), 1923.

Η τρίμορφη γυναίκα (*La mujer de tres caras*), 1924. Primera publicación como *Τα τρελοκόριτσα* (*Las chicas locas*) en entregas en el periódico *Ethnos* en 1917.

Ιστορία μιας χωρισμένης (*Historia de una mujer separada*), 1924.

Ιστορία ενός ανδρόγυνου (*Historia de un andrógino*), 1924.

Αναδυομένη (*La emergente*), 1925. Primera publicación en entregas en el periódico *Ethnos* en 1923.

Η νύχτα του εκφυλισμού (*La noche de la degeneración*), 1925.

Το μαρτύριον μιας νέας αγίας (*El martirio de una nueva santa*), 1925.

Μια μοντέρνα οικογένεια (*Una familia moderna*), 1925.

Τερέζα Βάρμα Δακόστα - Ένας σύγχρονος Μεσαίωνας (*Teresa Varma Dakosta - Una Edad Media moderna*), 1926. Primera publicación por entregas en el periódico *Ethnos* desde el 24 de abril hasta el 24 de julio de 1925.

Πλούσιοι και Φτωχοί - Μια κοινωνική τριλογία· Πλούσιοι και φτωχοί, Τίμιοι και Άτιμοι, Τυχεροί και Άτυχοι, (*Ricos y pobres - Una trilogía social: Ricos y pobres, Honestos y deshonestos, Afortunados y desafortunados*), 1926. Primera publicación por entregas en el periódico *Ethnos* desde el 10 de octubre de 1921 hasta el 5 de febrero de 1922.

Μια μικρή εκδίκηση (*Una pequeña venganza*), 1926.

Η νύχτα του εκφυλισμού (*La noche de la degeneración*), 1926.

Μάνα και θυγατέρα (*Madre e hija*), 1926.

Πιστή στον έρωτα (*Fiel al amor*), 1926.

Ο Κατήφορος· Αθηναϊκόν μυθιστόρημα (*El descenso. Un relato ateniense*), 1928. Primera publicación como *Trampas para muchachas* por entregas en el periódico *Ethnos* en 1921. Adaptada para el teatro en 1930 con el título *Χαίρε νύμφη* (*Salve, novia*).

Τ' όνειρο του διαζυγίου (*El sueño del divorcio*), 1928.

Μυστικοί αρραβώνες (*Compromisos secretos*), 1929. Primera publicación por entregas en el periódico *Ethnos*, desde el 22 de noviembre de 1915 hasta el 12 de mayo de 1916.

Ο γάμος της Λίτσας (*La boda de Litsa*), 1929.

Ανάμεσα σε τρεις γυναίκες (*Entre tres mujeres*), 1930. Primera publicación como *Tres mujeres: Mina, Tina, Dora* por entregas en el periódico *Ethnos* en 1918.El Kosmákis: historia de un enfermo fisiológico (a) (El primer despertar). Atenas, Kollaros, 1930 (primera publicación por entregas en el periódico *Ethnos* en 1923).

Ο Κοσμάκης· Ιστορία ενός φυσιολογικού αρρώστου, Α΄ Το πρωτοξύπνημα, Β΄ Το κέντρον, Γ΄ Τελευταία όνειρα, Δ΄ Ο γυρισμός (*Kosmakis. La historia de un enfermo normal I El primer despertar, II El centro, III Últimos sueños, IV El regreso*, 1930. Primera publicación por entregas en el periódico *Ethnos* en 1923.

Πνεύματα (*Espíritus*), 1930.

Το κορίτσι που αγάπησε (*La chica que amaba*), 1930.

Ο αντάρτης (El rebelde). Publicado en *Estía* en 1913 y con un final distinto en *Ethnos* en 1924. Adaptado para teatro en 1933 con el título *Ποπολάρος* (*Popolaros*).

Χωρίς τίποτα (*Sin nada*), 1931.

Ο γάμος του Νάσου (*La boda de Nasos*), 1932.

Μεγάλη αγάπη (*Gran Amor*), 1932.

Παυλίνα· ένα κορίτσι στη βιοπάλη (*Paulina, una chica en la brega*), 1933.

Αφού έριξε τα τείχη (*Tras derribar los muros*), 1933.

Έρως το παν· Μαίρη, Φώφη, Ζωή (*Todo amor/Amor, el más importante: Mery, Fofi y Zoí*), 1933.

Τηλέρως· μια παράξενη ερωτική ιστορία (*Amor a través de cartas /Amor desde lejos, una extraña historia amorosa*), 1933 (reeditada en 1935 como *Λίζα* (*Elisa*).

Η Νίκη της Παυλίνας (*La victoria de Paulina*), 1934.

Η γυναίκα που την τρέλαναν (*La mujer a que enloquecieron*), 1934.

Πρόσφυγες (*Refugiados*), 1934.

Γκιοβάννα (*Giovanna*), 1934.

Μαίρη και Μαρίνα (*Mery y Marina*) 1934.

Η παρούσα ώρα (*La hora presente*), 1935.

Ο δικηγόρος (*El abogado*), 1935.

Ρηγγίνα Λέζα (*Regina Leza*), 1936.

Η μάνα και οι κόρες της (*La madre y sus hijas*), 1936.

Μεγάλη γυναίκα (*Una gran mujer*), 1936.

Τζέννυ (*Jenny*), 1936 (continuación de *Μεγάλη αγάπη* 1932).

Η ψεύτρα (*La mentirosa*), 1936.

Παλιά Αθήνα (*Antigua Atenas*), 1936.

Μεγάλη περιπέτεια (*Una gran aventura*), 1937.

Στην αυγή της ζωής (*En los albores de la vida*), 1937.

Ευτυχία (*Felicidad*), 1937.

Η άπιστη (*La infiel*), 1937.

Ο μικρός Δον Κιχότης (*El pequeño Don Quijote*), 1938.

Δίλημμα (*Dilema*), 1938.

Απάνεμα βράδια (*Tarde sin aliento*), 1938.

Ζήλεια χωρίς αγάπη (*Celos sin amor*), 1939.

Η μοίρα του Μαρή (*El destino de Marie*), 1939.

Ένας αλλόκοτος γάμος (*Una boda extraña*), 1939.

Δεν ήταν γραφτό (*No estaba escrito*), 1939.

Ο σύζυγος της θεατρίνας (*El marido de la dramaturga*), 1940.

Οι τρεις αδελφές (*Las tres hermanas*), 1940.

Αρραβωνιασμένοι στα ψέματα (*Comprometidos con las mentiras*), 1941.

Φωτεινή (*Fotiní*), 1942.

Η περιπέτεια της Μαρίνας (*La aventura de Marina*), 1942.

Ο ουρανοκατέβατος (*El caminante del cielo*), 1943.

Οι σύζυγοι της Νίνας (*Los maridos de Nina*), 1944.

Μικρομέγαλες (*Pequeños-grandes*), 1944.

Η απερίγραπτη (*La indescriptible*), 1945.

Relatos

Ελληνικού αγώνος το τριακοσιάδραχμον έπαθλον (El premio de trescientos dracmas de la lucha griega), 1885.

Μητρυιά (Madrastra), 1890.

Στρατιωτικά διηγήματα (Cuentos militares), 1892.

Στέλλα Βιολάντη ή Έρως εσταυρωμένος (Estela Violandi o El amor crucificado), 1901.

Διηγήματα, Σειρά πρώτη (Cuentos, serie primera), 1901.

Διηγήματα· Σειρά δεύτερη (Cuentos, serie segunda), 1903.

Διηγήματα· Σειρά τρίτη (Cuentos, serie tercera), 1907.

Καμπάνες (Campanas),1911.

Ο κακός δρόμος και άλλα καινούργια διηγήματα (1908-1911) (El mal camino y otros nuevos relatos 1908-1911), 1912.

Η γάτα του παπά (La gata del cura), 1913.

Νανότα (Nanota), 1916.

Οι ερωτευμένοι και άλλα διηγήματα (Los enamorados y otros relatos), sin fechar.

Η Αναθρεφτή (La adoptada), sin fechar.

Πετριές στον ήλιο (Pedradas al sol), 1919.

Το Ζακυνθινό μαντήλι και άλλα δέκα διαλεχτά διηγήματα (El pañuelo de Zante y otros diez relatos selectos), 1921.

Αθηναϊκά διηγήματα· Ιστορία μιας χωρισμένης (Relatos atenienses. Historia de una divorciada), 1924.

Ο Μινώταυρος και άλλα νέα διηγήματα (1921-1924), (El Minotauro y otros nuevos relatos 1921-1924), 1925.

Ο τρελλός με τους κόκκινους κρίνους (El loco de los lirios rojos), 1926.

Πώς πολεμούν; (¿Cómo luchan?), 1935.

Αθανασία και άλλα 24 διηγήματα 1924-1943 (Inmortalidad y otros relatos 1924-1943), 1944.

Τρεις λέξεις – Τρεις τάξεις (Tres palabras – tres cursos), 1951.

Estudios

Η απολογία μου (*Mi disculpa*), 1884.
Ευάγγελος Παντόπουλος (*Evánguelos Pandópulos*), 1893.
Η κωμωδία του Αριστείου (*La comedia de Aristeo*), 1921.
Στάχυα και παπαρούνες Α´ (*Espigas y amapolas I*), 1923.
Μαλακάσης - Ο ποιητής και ο άνθρωπος (*Malakasis - El poeta y el hombre*), 1943.

Literatura infantil

Παιδικόν θέατρον (*Teatro infantil*), 1906.
Η αδελφούλα μου (*Mi hermanita*), 1923.
Ο καλός δρόμος (*El buen camino*), 1924.
Παιδικόν θέατρον Α´ (*Teatro infantil I*), 1926.
Παιδικόν θέατρον Β´ (*Teatro infantil II*), 1926.
Ο Πύργος του Βοσπόρου και άλλα διηγήματα (*La torre del Bósforo y otros cuentos*), 1927.
Το καλό μου το βιβλίο (*Mi buen libro*), 1931.
Ο μπέμπης αρχιλήσταρχος - Θηριοτροφείο Τοτού και συντροφία, (*El bebé jefe de bandidos - Criadero de animales de Totós y compañía*), 1932.
Σας ασπάζομαι, Φαίδων (*Os abrazo, Fedón*), 1947.

Publicados en la revista Διάπλαση των Παίδων (*Formación de los niños*)
Ο κακός δρόμος (*El mal camino*).
Η τελευταία προσευχή (*La última oración*).
Κελαϊδισμοί (*Trinos*).
Η ζωή και ο θάνατος της Αργυρούλας (*La vida y la muerte de Argirula*).
Το ψωμί (*El pan*).
Αθανασία (*Inmortalidad*).
Ο άνθρωπος κι η μηχανή (*El hombre y la máquina*).
Τα κουπόνια (*Los cupones*).
Μια Γαλλίδα (*Una francesa*).
Ο Σταυρογιάννης (*Stavrogiannis*).

Ένα κορίτσι που κάτι του έλειπε (*Una muchacha a la que le faltaba algo*).

Φαλιμέντο (*Bancarrota*).

Σάνκτα Φαμίλια (*Sancta Familia*).

Καταμάθετε τα κρίνα του αγρού (*Aprended los lirios del campo*).

Πετριές στον ήλιο (*Piedras al sol*).

Για τα παιδιά (*Para los niños*).

Άλαλα τα χείλη (*Muditos los labios*).

Νυν απολύεις (*Nunc dimittis*).

Η φούρκα (*El horcón*)

Η σκουφάτη (*La del gorro*).

Η γυναίκα του αντρειωμένου (*La mujer del valiente*).

Περασμένα μεγαλεία (*Grandezas pasadas*).

Τ΄ αλλόκοτα μάτια (*Los extraños ojos*).

Κοντραμπάντα (*Contrabando*).

Έντεκα χρονών (*Once años*).

Η μελλοθάνατη (*La condenada a muerte*).

Απορπισμένη (*Desesperada*).

Το μούλικο (*El bastardo*).

Ο μάγκαλος (*El bravucón*).

Νόστιμον ήμαρ (*El día del regreso*).

Μανόλιες (*Magnolias*).

Καμπάνες (*Campanas*).

Το βραχιόλι (*La pulsera*).

Ολάκερη βιβλιοθήκη (*Biblioteca completa*).

Bibliografía indicativa sobre Grigorios Xenópulos

Αγάθος Θανάσης, «Όταν ο Γρηγόρης Ξενόπουλος υπογράφει το κινηματογραφικό σενάριο της Στέλλας Βιολάντη», *Σύγκριση* 24 (2014), pp. 43-50.

Αγάθος Θανάσης, *Η κινηματογραφική όψη του Γρηγορίου Ξενόπουλου*, Atenas, 2016.

Ανδριανού Έλσα, «Η κοινωνία της Ζακύνθου: ένα δραματουργικό εργαλείο στο θέατρο του Ξενόπουλου», en *Γρηγόριος Ξενόπουλος, 50 χρόνια μετά, συμβολή στην έρευνα του έργου του*, Atenas, 2005.

Άπαντα Γρηγορίου Ξενόπουλου, Atenas, 1972.

Βαφειάδου Πασχαλινού Σοφία, «Η Νέα Εστία του Γρηγόριος Ξενόπουλου και τα Ιταλικά Γράμματα» en E. Close, M. Tsianikas y G. Frazis (eds.) *Greek Research in Australia: Proceedings of the Biennial International Conference of Greek Studies*, Adelaide, 2003.

Γαραντούδης Ευριπίδης, *Οι Επτανήσιοι και ο Σολωμός – Όψεις μια σύνθετης σχέσης* (1820-1950), Atenas, 2001.

Γεωργούση Άννα-Μαρία, «Νίκος Καζαντζάκης και Γρηγόριος Ξενόπουλος: Επαγγελματίες λογοτέχνες την περίοδο του γλωσσικού ζητήματος» en *Επιστήμες Αγωγής*, 2017, pp. 170-187.

Γραμματάς Θόδωρος, *Το ελληνικό θέατρο στον 20ό αιώνα – Συμβολή στην ιστορία του νεοελληνικού θεάτρου*, Atenas, 2017.

Εταιρεία Ελλήνων Θεατρικών Συγγραφέων, *Αναμνηστικό τεύχος για τη θεατρική τριακονταετηρίδα του Γρ. Ξενόπουλου 1895-1925*, Atenas, 1925.

Καββαδίας Σπύρος, «Η επτανησιακή λογοτεχνική παράδοση και ο Ξενόπουλος» en *Γρηγόριος Ξενόπουλος, 50 χρόνια μετά - Συμβολή στην έρευνα του έργου του*, Atenas, 2005.

Κανέλλου Φέμη, «Γρηγόρης Ξενόπουλος. Έτσι τον θυμούνται τα εγγόνια του» *Ταχυδρόμος* (17/10/1985), Atenas.

Λεονταρίτης Γεώργιος, *Γρηγόριος Ξενόπουλος, 40 έτη μετά*, *Καθημερινή* (01/12/1991), Atenas.

Μαστροδημήτρης Π. Δ., *Εισαγωγή στη Νεοελληνική Φιλολογία*, Atenas, 1996.

Μητσάκης Μιχάλης - Καμπύσης Γιάννης, *Γρηγόριος Ξενόπουλος*, Atenas, 1960.

Μουδατσάκις Τηλέμαχος, «Η Στέλλα Βιολάντη του Γρηγορίου Ξενόπουλου: Το φεουδαλικό «έλλειμμα» του άρχοντα στο πρόσωπο του Παναγή Βιολάντη», en *Nulla dies sine linea. Προσεγγίσεις στο έργο του Γρηγόριου Ξενόπουλου*, Atenas, 2007.

Ξενόπουλος Γρηγόριος 50 χρόνια από το θάνατό του 1867-1951, Υπουργείο Πολιτισμού - Εθνικό Κέντρο Βιβλίου, Atenas, 2001.

Μουσμούτης Διονύσης Ν., *Γρηγόριος Ξενόπουλος 1867-1951. Χρονολόγιο και Λεύκωμα*, Atenas, 2001.

Μουστακάτου Κατερίνα, «Ο Γρηγόριος Ξενόπουλος ως μεταφραστής. Η περίπτωση της Maria Pia Sorrentino στη *Διάπλαση Παίδων*», *Οδός Πανός* 178, Atenas, 2018.

Πεφάνης Γιώργος Π. (ed.), *Nulla dies sine linea. Προσεγγίσεις στο έργο του Γρηγορίου Ξενόπουλου*, Atenas, 2007.

Πλωρίτης Μάριος, «Γρηγόριος Ξενόπουλος, έτος 1960» en Πρόγραμμα Εθνικού Θεάτρου, Atenas, 1996.

Πολίτης Λίνος, *Ιστορία της Νεοελληνικής Λογοτεχνίας*, Atenas, 2013.

Σγουρίδου Μαρία, *Η Ιταλία του Γρηγόρη Ξενόπουλου*, Atenas, 2017.

Σέρρας Διονύσης, «Γρηγορίου Ξενόπουλου: Το Φιόρο του Λεβάντε. Ανθίζοντας και σήμερα», *Επτανησιακά Φύλλα - Αφιέρωμα στον Γρηγόριο Ξενόπουλο*, Zante, 2001.

Σιδέρης Γεώργιος, *Ιστορία του Νέου Ελληνικού Θεάτρου (1794-1944)*, vols. I y II, Atenas, 1999.

Τετράδια Ευθύνης, Αφιέρωμα στον Γρηγόριο Ξενόπουλο, 2001.

Τριχιά-Ζούρα Μαρία, *Η αυτοβιογραφία του Γρηγόρη Ξενόπουλου* (tesis doctoral), Atenas, 2001.

Φαρίνου-Μαλαματάρη Γεωργία (ed.) *Ξενόπουλος Γρηγόριος, Επιλογή Κριτικών Κειμένων, επιμέλεια*, Atenas, 2002.

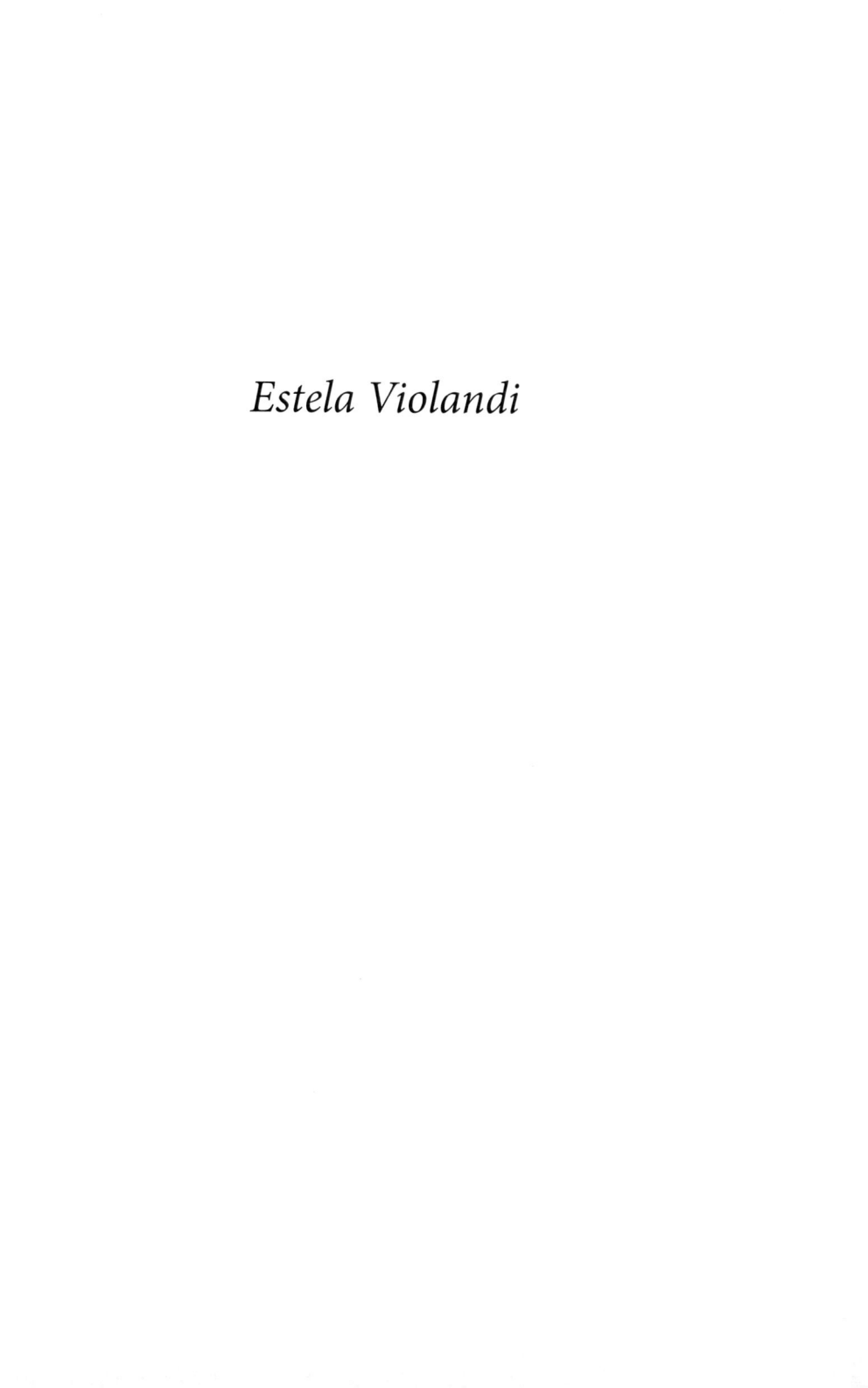

Estela Violandi

¡Oh tú! Que, sin sentirlo, llenaste mi vida entera con el dolor más profundo, acepta desde las profundidades desgarradoras de mi corazón, mi queridísima, un verdadero beso, un beso inmortal, de esos que solamente un amor doliente como el mío puede dar.

PRÓLOGO

Estela Violandi (*Amor crucificado*) fue escrita hace quince años. Se consideró durante mucho tiempo la mejor de mis novelas. Luego, fue desterrada por otras más recientes. Sin embargo, ninguna tuvo su popularidad ni fue tan leída como esta, si tenemos en cuenta las veces que fue impresa. Primero, salió en *Panathínea* en 1901 (tomo 1, pp. 283 y ss.). A continuación, volví a imprimirla en la segunda serie de mis novelas, que ahora está agotada. De allí la cogieron, al menos, unas siete revistas, de manera que la edición actual debe ser la décima. Más tarde, se convirtió en un drama, con música de Kalomiris y fue representada en Atenas y en todos los lugares por los que fue Marika Kotopuli estos últimos seis años. Pocas criaturas de la fantasía neogriega y pocos nombres en la literatura repercutieron tanto como *Estela Violandi*. ¡Y, por ser este un caso único, referiré que, cuando la obra fue representada por primera vez en Atenas, un sombrerero, como reclamo, imprimió el nombre "Estela Violandi" en las cintas de los sombreros de marinero para niños! Tras esta popularidad del nombre de la heroína, me pareció que debería sustituir con este título el que había tenido previamente la novela, *Amor crucificado*, que hoy día no es ya utilizado por nadie. *Vox populi...*

Estela Violandi no es, por completo, criatura de mi fantasía. Dos dramas semejantes acontecidos en mi vida, casi delante de mis ojos, me dieron el motivo para esculpir un tercer, el mío. Muchos encontraron a Panayís exageradamente malvado. No lo creo... No es solamente una copia fidelísima de la vida, sino que tiene también tanta razón en cuanto a sus acciones como la que pueda tener Estela. En este drama luchan el poder paterno con todos sus derechos y la libertad del individuo con los suyos. Panayís Violandis no es, en realidad, malvado. Solamente está dominado, en toda su alma, por la idea de que debe dirigir su casa y sus hijos, y no como él quisiera, sino como quiere la gente, que registra su reputación y a la que le tiene mucho miedo. Estrecha su corazón para cumplir con su obligación duramente, despiadadamente. Por supuesto, toda nuestra simpatía se dirige hacia Estela Violandi, que se sacrifica por una idea superior, más cortés y más humana, pero tampoco Panayís tiene que parecer menos desgraciado...

Fueron escritas numerosas críticas sobre *Estela Violandi*, pero una de las más hermosas y entusiastas es la de Vlasis Gavriilidis en *Acrópolis* (1903). "Esta novela –dice- se acerca a lo clásico, es decir, a lo perfecto". Sin embargo, vendría al caso imprimir una carta de crítica inédita, que me envió entonces el inolvidable Periklís Gianópulos. ¡Qué sabio, qué profundo es el análisis que hace y cuánto me halagó la atención que regaló a mi obra tal persona! Desgraciadamente, tendría que buscar entre mis antiguos papeles, desordenados, y ahora no tengo tiempo.

Mayo 1914   GR. X.

Estela Violandi[1]

Al señor Grigorios Xenópulos, tras leer el *Amor Crucificado*

Alma del llanto,
del martirio y del sacrificio
¡Estela Violandi!
En la islita bien oliente donde respira
con el aliento del jazmín y del lirio
¡oh llama amorosa extensamente vertida!
voló su alma
dentro de su cárcel indomable
para embellecer un infierno
narrado por algún Dante,
¡Estela Violandi!
Dentro de tu cárcel indomable,
perfumé tu horror
y me convertí en tu sueño.
Y a tu indigno amante
lo traje (no como era) ante ti,
lo traje así como lo anhelaba
tu fuerte corazón virginal.
Y tu último aliento
lo acepté y lo acompañé
en los llantos de las tórtolas,
en los susurros de las aguas limpias
y en los blanquísimos y muy olorosos lirios.
Y a su último aliento
lo ayudé para que reviviera
en algunos otros mundos más llenos,

---

[1] *Amor crucificado* fue publicado por primera vez en *Panathínea*, 1901. Allí lo leyó el poeta, quien envió al autor este poema. Más tarde, en 1908, cuando *Estela Violandi* se convirtió en drama, el autor puso este poema en lugar del prólogo. Fue recitado al principio, antes de que se abriera el telón, con acompañamiento orquestal compuesto por M. Kalomiris.

en algún corazón más profundo
y un pensamiento más cortés.
Y me convertí en Musa para un poeta
y le susurré que te narrara.

Soy la pobrecita reseda,
la que había florecido
en el extremo de tu horrible buhardilla.
Y enfrente de la dureza de los nadies,
y en el diamante duro de tu pasión,
yo era la lágrima
que tu dolor profundo
había secado del manantial de tus ojos
¡Estela Violandi!

7 de abril de 1901   Kostís Palamás[2]

---

[2] Kostís Palamás (1859-1943) es uno de los poetas más importantes de la literatura neogriega y la figura central de la generación de 1880 y de la Nueva Escuela Ateniense.

Mi querido Palamás,

Tenía como un presentimiento, no sé por qué, quizás por unas hermosas cartas que había recibido por el *Amor crucificado*, que le esperaba un honor grande y distinguido a esta novela mía.

Y mira, anteayer por la noche, me llegó tu precioso poema.

Tardé, como ves, en agradecértelo porque tardé en volver en mí por la emoción que me regalaste. ¡Oh la feliz Estela Violandi! La considero afortunada porque la salmodió el Poeta, y le dijo palabras hermosas y armoniosas, las que quería, pero no podía decirle yo… ¡Muchas gracias, hermano! Adornaste con diamantes reales mi pobre obra y me ofreciste la mayor felicidad de mi vida.

Y ahora, ¿me permites publicar tu poema junto al *Amor crucificado*? Por supuesto que no me lo negarás. Es como aquellos marcos de pinturas que valen mucho más que la imagen; y a ella le pertenece.

Te lo agradezco y te abrazo.

Tuyo

Atenas, 12 de abril de 1901   Xenópulos

Conocí a Estela Violandi, "flor entre las flores de las relucientes doncellas de Zante", como salmodia nuestro poeta. Tenía la piel blanquísima, tan blanca como la leche del lirio; y esa criatura fresca y blanca, con sus ojos negros de agraciados párpados, era, en verdad, más flor que ser humano.

La conocí capullo todavía sin abrir y verde, y la vi de nuevo cuando maduró y abrió por primera vez sus hojas virginales –¡oh, qué maravillosa era!– y esparció el aroma de los primeros deseos...

La vi una tarde de verano inolvidable, en nuestro mágico Krioneri, en la barca, en la "madera marina" de nuestro poeta, que navegaba "llena de amor y de sonidos musicales". Y la vi al lado del joven, del seductor, que le susurraba palabras secretas, mientras ella mantenía la cabeza alta, y se podía decir que no las escuchaba y, si las escuchaba, que no se creía las palabras seductoras. ¡Ah!, ¡la buena chica tenía su orgullo! Pero en el extremo de sus ojos negros, con toda la sorpresa y el desasosiego, me pareció que vi como un rayo de secreta alegría. ¡Oh, las mentiras que seducen a los inocentes! ¿No era aquella la gran tarde de su vida, en la que creyó la chica que, al final, era la Elegida, algunas horas antes de coger una hoja de papel verde pistacho, con una margarita blanca en la esquina, y antes de grabar en ella su interminable suplicio: "¡Soy tuya!"?

Y la inocente lo escribió con decisión, y lo dijo con convicción, para no desdecirse. Y desde entonces le regalé toda mi simpatía, porque era la víctima. ¡Y un hada que sabe todos los secretos, un hada que sabe qué sucede en cada corazón, en cada casa, en cada lugar apartado, en cada oscuridad, fue la que me llevó a casa de Estela Violandi –al pequeño palacete recién construido de Kenurguia Ruga –y allí me lo dijo, allí me lo mostró todo!

Y vi el lirio marchito, cuando centelleó y tronó por encima de ella la cólera paterna. ¿Pero qué más necesitaba un lirio para marchitarse?

Y vi la tristeza de Estela sin lágrimas, muda, orgullosa. Y la vi herida, magullada, pero vi que tenía terribles desolaciones, el mayor sufrimiento, ocultos en la profundidad de su alma: a la Estela enamorada que se martirizaba vi.

Y la escuché susurrar con desolación inexpresable su desesperanza: "¡Ah, ya se acabó! ¡Ya no tengo sitio en la casa de mi padre!" Y después vi todo el despertar repentino, horroroso, de aquella poderosa alma que la violencia y el martirio ponían a prueba. Y escuché los miles de "no" que pronunciaba, el uno más angustiado que el anterior, los "no" obstinados, poderosos y magníficos, que se asemejaban a otras tantas rocas en el mar salvaje de la ira, del odio, de la injusticia.

Y, después, la vi subir su Gólgota, aquella estrecha escalerita de caracol de la buhardilla, como un fantasma en el crepúsculo del atardecer, bajo la luz que el día agonizante enviaba desde sus dos pequeñas claraboyas… E iba del brazo de su padre, en aquel momento, y se podría decir que el viejo se arrepentía de su dureza y que la llevaba al novio. Ah, sí; hacia Alguien la conducía y ahora…

Y la vi arriba, en su pequeña habitación de la buhardilla, que le recordaba sus años felices de la infancia, con la floreciente reseda en la ventana, en la estrecha habitacioncita donde, -¡oh, ironía!- la habían encerrado, ya grande, o para negar su Amor o para morir.

Y ahí dentro la vi llorar, por primera y última vez. ¡Oh, aquel llanto infinito! La noche lloraba con ella y en el negrísimo cielo las estrellas brillaban como lágrimas al caer.

Y abajo… abajo festejaban alegres, se divertían, cantaban. De verdad, de toda esta historia, nadie más tenía que sufrir, excepto Estela, -¡ah, la desgraciada Estela!

Y, un amanecer, vi diseminados los pálidos, los marchitos pétalos del lirio… Estela Violandi prefirió negarse a la vida en vez de a su Amor. Y murió sin saber nunca la terrible verdad, -ya se apiadó de ella Dios-; murió con el dulce engaño de que alguien la había amado.

Entonces, oh, entonces, mi secreta simpatía se convirtió en adoración. Y junto a esta adoración, colocaré hoy mi altar, pequeño, pobre y sin adornos. Y no espero que me lo adornen nadie más que algunas "almas buenas y sensibles" con los diamantes de la simpatía, los que a lo mejor conseguirá ese amor crucificado, en la tristeza de su terrible martirio y su muerte injusta.

I

Era la época en la que los empleados del Telégrafo inglés hacían el papel de juventud de oro en aquella pequeña ciudad. La mayoría, chicos de buena familia, sin necesidades, gastaba su escueto sueldo en lujos y diversión. Por su vestimenta y sus modales, los dos o tres telegrafistas extranjeros, jóvenes ingleses, corpulentos y colorados, servían como modelos para los locales. Los mismos elegantes y amplios trajes, los mismos sombreros extravagantes, el mismo calzado de colores, las mismas graciosas corbatas, y, siempre, en el ojal, una flor llamativa. Los camaradas más pobres intentaban imitar a los relativamente adinerados. Así, todo el gremio desplegaba un resplandor que tenía la facultad de atraer cada mariposa o mariposita, y el sueño femenino de los dieciocho y veinte años era, allí, el telegrafista "inglés", como aquí, en Atenas, lo es el de la milicia universitaria o el cadete.

Jristakis Zamanos acumulaba muchos éxitos. No era ni el más guapo, ni el más rico. Muy moreno, de labios carnosos, dientes blanquísimos, pelo muy negro rizado, casi imberbe, alto e interminable, cuando llevaba su traje inglés se parecía un poco a un duende semisalvaje que hubiese sido civilizado, más pronto que tarde, por los ingleses. Sin embargo, ¡tenía una dulzura y una gracia el granuja! Incluso su risa -una sonrisa infantil llena de bondad e inocencia- goteaba miel y conquistaba a la gente. Todos lo amaban sin preguntarse cómo era por dentro. Las mujeres, jóvenes, mayores, se volvían locas al verlo; sus ojitos adormecían amorosamente cuando lo miraban en el paseo y los bolsillos del mimado siempre estaban llenos de cartitas de amor, desde las más inocentes y sutiles hasta las más atrevidas y descaradas.

Estela, la hija mayor de Panayís Violandis, lo miraba con indiferencia. Ella no tuvo tanta ambición; nunca se le metió en la cabeza conquistar al joven al que todas querían y se lo mostraban. Además, la buena chica también tenía su orgullo. Nunca aceptaría ser una de tantas. Ser amada de verdad por un hombre, amarlo de verdad aún más, quedar entregada a él con la bendición de su padre y vivir felices: eso, sí, era su sueño. Y entendía que esta persona no era, no podía ser Jristakis Zamanos; por eso, aunque lo conocía un poquito, aunque en el fondo le gustaba, seguía mirándolo con indiferencia. Cuando la saludaba en el paseo, Estela le correspondía con total seriedad y dignidad; y alguna vez que se sentó a su lado en la pastelería, -coincidencia seguro- no se volvió a mirarlo ni una vez.

Zamanos no era capaz de explicárselo y lo malinterpretó; lo tomó como un desprecio; el egoísmo del mimado fue herido y, desde aquel día, Estela Violandi se le quedó clavada en su mente.

Déjala y ya verá ella, le dijo a un amigo suyo, al inglés Stephenson. ¡Déjala, que yo la volveré loca!

La verdad es que el conquistador lo tuvo difícil. Utilizaba todo tipo de medios para mostrarle amor, para decirle que la prefería a otras; pero Estela tardó en comprenderlo y, sobre todo, tardó en creerlo.

Por fin aceptó una carta suya. Se la metió en la mano, con cautela, la noche en que, junto a una gran pandilla, habían ido en barca a Krioneri. En realidad, a ella le dieron ganas de devolvérsela; pero se sintió perdida, temblaba toda; no sabía cómo hacerlo sin quedar en evidencia. Y así, para que no se produjera un escándalo, la metió en su cinturón de plata, con la decisión de devolvérsela de otra manera, sin abrirla…

Cuando llegó a su casa, cambió un poco de opinión. Luego tuvo otra tentación; la carta estaba abierta, sin sobre.

Se encerró en su habitacioncita, tarde, y antes de desnudarse, la leyó. ¿Cuántas veces? Ni ella lo sabe. Solo sabe que la vela de su mesita de noche se había consumido por completo; el candil celeste que ardía en la cómoda empezó a chisporrotear; por las rejillas de la ventana entraba una luz velada de dulce alba estival, y ella, todavía con la carta en la mano, vestida, como había llegado, a falta de su sombrerito de paja y el cinturón de plata, que los había lanzado a la cama…

Eh, hasta aquel momento Estela lo creyó. También tenía su orgullo la buena chica. ¿Y Jristakis, por qué no la iba a amar, de verdad, a ella solamente, ¿Acaso no se lo merecía? ¿No era guapa? ¿No era de buena familia? ¿No tenía una gran dote? ¿Y qué le faltaba? ¿Quién era mejor que ella?

Y con la caricia de la carta amorosa, con el susurro de las palabras dulces que inundaban la habitación como con música, despertó todo el egoísmo de la bella y rica amita de casa, que en aquella sociedad tenía como rivales a las hijas de los nobles y a las condesitas. Y se despertó muy contenta, con un sentimiento de profunda satisfacción, que fortalecía el cuerpo virginal, con todo el agotamiento del insomnio y la emoción. Oh, sí, la había elegido Jristakis y la amaba. Era la Elegida.

Y con este pensamiento, enderezó su talle cipresino, resaltando sus pechos madurados; abrió inexpresivos y soñadores los ojos negros de agraciados párpados; levantó las manos torneadas hasta la cabeza; se quitó las grandes horquillas que le sujetaban el moño; se sacudió con el movimiento de un bello animal, orgulloso, y dejó caer, como un torrente negro, su abundante cabellera... Después, entrelazó los dedos por detrás y apoyó la nuca en las palmas de las manos. Se quedó durante mucho tiempo en esa postura -¡oh, qué maravillosa era!

Quería, se sentía halagada, era feliz al amarla Jristakis. Sabed que, si una mujer quiere, si acepta que la ame un hombre, esto significa que lo ama. Tal es su amor por naturaleza, pasivo, y, por eso, nunca o muy raramente toma la iniciativa. Y ahora Estela intenta, sin esfuerzo, recordar todos los detalles de la declaración, todo el proceso de la comunicación, los pequeños episodios de los encuentros, desde hace meses: sus tiernas miradas, los acompañamientos insistentes, las medias palabras ambiguas; todo, desde el momento del primer encuentro, con la típica pero graciosa reverencia, hasta el estrecharse cordialmente las manos en la separación de esa noche, en el muelle... Y las cosas más pequeñas, incluso las que ya no tenían importancia, ahora cobraban un peso incalculable. Se preguntaba ella misma cómo era que lo recordaba con tanta claridad; no sabía que le hubieran causado tanta impresión. Lo amaba antes de leer su carta...

Se tumbó para dormir, pero el sol la encontró desvelada. Era la primera vez que tal cosa le sucedía; este era su primer amor. Cuando estudiaba en el Arsakio de Corfú había deseado ser amada por un estudiante guapo, al que a veces veía; pero su deseo adolescente se quedó en deseo y se apagó, y, por supuesto, sin dolor, porque el guapo estaba liado con una compañera suya desde hacía mucho tiempo. Volvió de Corfú a su tierra, cuando cumplió dieciséis años. Los siguientes dos o tres años pasaron así, con uno o dos deseos también ocultos, débiles e inofensivos. A continuación, a los dieciocho años, Estela parecía un capullo que no había abierto todavía sus hojas. Ahora, desde hacía unos pocos meses, empezó a escuchar la voz de la carne, la voz de la naturaleza, más intensa, más imponente, más evidente. La doncella comenzó a conocerse a sí misma. Las grandes y dulces melancolías, los suspiros secretos, las lágrimas sin motivo, los escalofríos ocultos, tenían ahora una razón que no se le escapaba. El capullo se había abierto y esparcía el perfume de los primeros deseos. Y en ese momento decisivo, se encontraba frente a ella Jristakis. Toda aquella indiferencia que sentía, por orgullo, cuando escuchaba sus hazañas amorosas, cuando veía que todas lo querían, se perdió en cuanto que comprendió y creyó, más tarde, que Jristakis la prefería a ella. Y ese mismo orgullo la hacía ahora ser plenamente correspondida, dejarle a él que encarnara sus deseos, amarlo.

Todavía dudaba, pero le escribió.

Una hoja de papel verde pistacho, pequeñita, con una elegante margarita en la esquina, con unas pocas palabras separadas que llenaban toda la hoja. Tal fue su primera y última carta de amor.

Y le escribió:

"Sí, Jristakis mío, yo también te amo, te amo tanto que no te lo imaginas, que no puedes ni imaginártelo. Soy tuya. Ámame. Tu Estela".

Y la tarde siguiente, como aquel le había pedido se la echó por la ventana.

Este fue todo su delito.

II

Era indescriptible la alegría de Jristakis Zamanos cuando recibió la carta. Se la enseñó "a discreción" a la mitad de sus compañeros, se lo dijo a la otra mitad y, durante muchos días, el elegante cuerpo de telegrafistas no tuvo otro tema de conversación. En verdad, era un poco extraño; ¿Estela... de la que nunca se escuchó? ¿Estela... que a nadie miró? ¿Estela... que incluso a él despreciaba? Ah, Jristakis tenía todo el derecho a presumir, y presumía cuanto podía.

Stephenson, el telegrafista inglés, el rector –digamos– del gremio, se encargó de dar a su afortunado compañero algunos consejos útiles para la situación:

Y ahora, ¿qué pretendes hacer?, le dijo. "¿Que me quieres, que te quiero para pasar el rato como con las otras? ¡Ah, no!, ¡no!, una muchacha así no la encuentras todos los días: guapa, prudente y con cien mil de dote, por lo menos... ¿Mentira? Tienes que sacar provecho de esta oportunidad y proponerle matrimonio lo antes posible, antes de que el asunto se enfríe.

Lo que dices es verdad, pero ¿cómo lo hago?

Escríbele una carta a su padre. Nosotros, en Inglaterra, así lo hacemos.

Eso le gustó bastante a Zamanos y, aunque no casaba con las costumbres del lugar, –como tampoco casaban las polainas que llevaba– coge y le escribe al viejo Violandis, y en pocas palabras le pide cortejar a su hija.

¡Hum! ¡ahora lo que es indescriptible son el enfado y la desilusión de Panayís Violandis al recibir la carta!

Hombre muy extraño este Panayís Violandis, el gran comerciante. Cuanta dulzura y bondad irradiaba su cara, con su barba negra, su eterna sonrisa y sus gafas doradas, tanta dureza y egoísmo escondía dentro de su alma. Sabía llevar a la perfección la máscara de bueno, y por tal lo tenía la gente. Sin embargo, en el fondo, no había en la *Cora*[3] un hombre más

---

[3] Así se denomina la capital de las islas.

brusco. Hierro envuelto en algodón era su carácter; y bastaba que tuvieras un contacto un poco más estrecho con él para que sintieras toda su rudeza.

¿Qué está diciendo?, gritó cuando terminó la carta de Zamanos.

Su frente se arrugó, sus cejas se cubrieron con una negra nube y desde sus gafas doradas salió el primer rayo.

Durante casi toda aquella mañana no hizo más que dar vueltas en su despacho y disparatar. Dentro de aquel estrecho cuadrado, separado con rejas amarillas, parecía, en realidad, un animal dentro de una jaula.

¿Qué está diciendo? ¿El hijo de Zamanos, el sarnoso de los sarnosos, el repugnante telegrafista, el crápula, tuvo el coraje de pedir a mi hija, a mí?. ... Y ¿qué pensó?, ¿que porque lleva polainas y un adorno, yo, Violandis, le daré prestigio y lo haré mi yerno? ¡Puff! me importa un bledo. Pero eso no me importa tanto.... Le diría yo un par de palabras claras y enérgicas, y lo pondría de inmediato en su sitio. ¡Pero lo otro...lo otro! "Me atrevo a tener esperanzas o más bien estoy en disposición de asegurarle que su hija no diría no, si usted dijera sí". *Va bene*. Pero tú, ¿cómo lo sabes? ¿Le preguntaste, chico?, ¿se lo dijiste?... ¿te lo dijo? ¡Oh terrible sospecha!... ¿Acaso Estela se olvidó de quién es hija? ¿Acaso se rebajó a dar audiencia a un ser tan ridículo? ¿Acaso lo hizo?... ¡Oh terrible, terrible sospecha!... Por el Santo y por el Crucificado, si descubro algo así, ¡la mataré!

Y entonces Violandis hizo este razonamiento que honra, de hecho, su ingenio:

Para que él me escriba, quiere decir que tiene las cartas fáciles y que le escribió a ella y para escribirme que "estoy en disposición de asegurarle...", quiere decir o que Estela le dijo algo o... o... o que le escribió. ¡Oh, su desgracia, su penuria! Me convertiré en un tirano.

Se acercaba el mediodía cuando agarró su sombrero y ordenó rápido unos cuantos encargos y se fue corriendo a su casa. Se le ocurrió una idea y estaba impaciente en ponerla en práctica.

En casa, se sorprendieron bastante al verlo tan temprano.

¿Cómo es que estás aquí, Panayís?, le preguntó su mujer.

Déjame, porque hoy estoy contento...muy contento.

Y, de hecho, consiguió darle a su cara un resplandor que alegró toda la casa. Nunca la familia almorzó más alegre. Incluso las pequeñas, Katina y Nene, se mostraban alborotadas

¡Eh, silencio!, gritó Dadís, el hijo mayor de Violandis.

Deja a las niñas que hagan lo que quieran, decía el padre; hoy estoy y estoy.

No le hicieron pregunta alguna, pues nunca daba a nadie pie a ello, tampoco a su mujer. Sin embargo, Estela tenía una premonición. Anteayer por la noche, cuando fue al teatro de verano con su tía, Jristakis tuvo tiempo de sentarse cerca de ella y susurrarle: "Ahora haré lo que tengo que hacer. Te pediré". Y ella inclinaba su bella cabeza, como si le dijera: "Sí". Pues hoy, que veía a su padre tan alegre, se decía a sí misma que algo así habría sucedido. Y mira… su padre no lo tomó a mal… ¡Oh!, cómo le palpitaba dulcemente su corazón de alegría, de esperanza; cómo resplandecían aquellos grandes ojos negros y sus agraciados párpados….

Terminaron de comer y las niñas subieron.

Dadís salió. En el comedor solo quedaba ahora la pareja, Estela y la tía Ñoña -una hermana mayor soltera de Violandis.

Panayís Violandis se limpió bien su bigote con la servilleta y dijo:

Entonces, Estela mía, mi enhorabuena. Ya que lo quieres y te gusta, cásate con él, niña mía y que vivas feliz.

Le llegó de repente. Estela se levantó de golpe y abrió su boquita con una mueca de horror, un poco parecido a una sonrisa. Su semblante, que nunca se ruborizaba, palideció. Tenía la blanquísima, la lechosa carne del lirio y esta fresca y blanca criatura era más una flor que un ser humano.

Pero ¿qué es?, ¿qué sucedió?, preguntó la mujer de Violandis sorprendida, mirando directamente a su hija.

¿Cómo? ¿Entonces no sabes nada?, dijo Panayís. Ese Jristos Zamanos, que me hizo el honor de pedirme la mano de Estela y me asegura también que Estela, según dice él, no dirá que no… Por decirlo de otra manera, que están liados, y tú, pobre mujer, viéndolas venir. Pero no me importa. ¡Que le quiten lo bailado! Jristakis es bueno y capaz, y, como se mostró hoy, un joven honrado... ¡Con mis bendiciones, hijos míos! ¡Qué os digo!, yo siempre tuve en mi corazón a este muchacho.

¡Y yo, Panayís, y yo!, te lo juro... gritó la mujer de Violandis y se quedó cortada por la gran emoción.

Estaba de Dios, mujer, continuó Panayís. Me dirás que es pobre; ¿y qué? Nosotros somos ricos y basta... Buena familia, un buen hombre, eso es lo que yo miro. Por otras cosas no doy ni un duro... Ahora, iré a buscarlo para ultimarlo todo con bien. Eh, ¿Estela? ¿Qué dices? ¡Habla, pues! Tengo que escucharlo de tu boca... ¡Habla!

Si es su deseo, susurró Estela.

Oh, con qué trabajo le salió la voz. Le parecía que estaba en un sueño...

¡Ah, pillina, pillina!, gritó Violandis con el más alegre, el más alentador tono paterno ¿Ahora os hacéis carantoñas, eh? Vamos, vamos, deja eso y acércate aquí para besar la mano de tu padre...

Y cortando de repente, retirando la mano y cambiando el tono, como si le hubiera venido una idea chistosa y extraña:

Dime, Estela, ¿cómo os liasteis...? Vamos, que no te dé vergüenza. Ahora es ya un tema zanjado. Quiero, como padre, saberlo todo. Dime, ¿te escribió?

A la primera pregunta Estela no dijo ni una palabra. El padre insistió y ella sonrió. A la tercera pregunta, habló.

¡Bah!, ¡bah!, Violandis se rió con sarcasmo, fingiendo una loca alegría. Y tú le escribirías, claro y tú... ¿o le contestaste oralmente? Oralmente, eh.

Y se lo dijo con tanto cariño, con tanta dulzura, que ni la más mínima sospecha pasó por la mente de Estela, sino que se animó, se dejó engañar por su alegría y su felicidad, a decir cosas que si le hubieran preguntado un poco seriamente nunca las hubiera dicho.

Entretanto, Violandis se había levantado y se le había acercado.

Sí, le escribí también yo un par de palabras...

No llegó a terminar

¡Deshonrada!, rugió Panayís Violandis. Se le cayó la máscara y apareció su rostro, terrible, salvaje. Las nubes negras que se habían espesado en sus cejas, empezaron, de repente, a lanzar rayos.

¡Bam!, un bofetón por la derecha. ¡Bam!, otro bofetón por la izquierda; luego, una patada en la barriga y Estela cayó quedando su cuerpo repartido entre el sofá y el suelo.

Hubo un momento de perplejidad, nadie se movió. El propio Violandis, –dirías–, se horrorizó por lo que había hecho. Después, la tía Ñoña se golpeó las manos y articuló roncamente:

"¡Ay de mí!"

Al mismo tiempo, la mujer de Violandis, pálida como un cadáver, se levantó y corrió a ponerse en medio.

¡Déjala! ¡Déjala!, ¡no te turbes ahora, Panayís! ¡No!

Lo decía bajito, contenida para que los demás no lo escucharan, no se enteraran de nada. Y el mismo miedo se adueñó de toda la escena. El primer movimiento de Estela fue corregir la extraña postura en la que la había dejado la violencia paterna. Panayís había contenido un poco el ímpetu de sus bofetones para que no resonaran y, quizás por eso, había recurrido luego a la patada, menos ruidosa. Ñoña lanzaba miradas con miedo a las puertas. Y la cara de la mujer de Violandis expresaba angustiada reprobación, advertencia desesperanzada. ¡En el nombre de Dios! ¡Más bajo! ¡Nos van a oír!

Ahora mismo voy a ajustarle las cuentas a ese, dijo de inmediato Panayís, y ¡después ya tendré tiempo de llamarte a capítulo a ti!

Agarró su sombrero, murmuró todavía algunas cosas y se abalanzó fuera.

El timbre de la puerta era para él como una consigna. Se revistió de inmediato con su máscara y caminó por la calle tranquilo, sonriente, dulce, como si no hubiera sucedido nada.

Estela se había quedado allí como paralizada. No lloraba, porque desde pequeña era dura para llorar; su tristeza, siempre seca, muda, orgullosa. Pero sus características habían cambiado, y el color del lirio había palidecido; y sus ojos, perdidos, asustados, miraban insistentemente al vacío; le temblaban las manos y un espasmo nervioso la hacía abrir y cerrar los labios de golpe y le sacudía todo el cuerpo.

¡Te lo merecías!, dijo la mujer de Violandis, que estaba siempre de acuerdo con su marido y era severa con sus hijos. Ya que le diste pie para que te escribiera, tendrías que haberle enseñado la carta a tu madre ¿Es así como se hace? ¿Se escribe una con un joven extraño? ¡Te lo merecías!

La tía Ñoña no decía ni pío.

En aquel momento se abrió la puerta y entró la sirvienta.

Estela se sorprendió, se levantó violentamente, se llevó la mano al cabello, como si se lo arreglara, y siguió con su acostumbrada tranquilidad:

¡Recoge las tazas!

Y esa reacción de criatura orgullosa, que ahoga su dolor para no estar en el lugar de los humildes, llenó de lágrimas los ojos de tía Ñoña.

Fueron aquellas las primeras de muchas lágrimas que provocara la tragedia.

III

Panayís Violandis sufría de una extraña fobia; lo que hacía –y lo que no hacía– era para la gente, para que la gente dijera que estaba bien. En otro tiempo, cuando se valoraba a sí mismo, no le importaba no encontrarse ni bueno, ni concienzudo, ni sincero; le bastaba que la gente lo considerara tal. Y por esta idea, por esta estima, era capaz de sacrificarlo todo, no solo su propia felicidad, sino también la felicidad de los suyos.

Su ambición era que lo honraran como un hombre "útil" y que lo respetaran como buen cabeza de familia. Por lo segundo se preocupaba mucho más. Quizás –no te lo decía– había en el lugar otros comerciantes y otros industriales como él; pero esposo y padre, ninguno; con eso era con lo que él quería presumir. Y pretendía que su casa pareciera siempre la mejor, un verdadero paraíso de amor, honra, armonía y felicidad.

Y lo conseguía con hipocresía y violencia. Los suyos lo temían como a un diablo; su mujer sentía miedo de él. Su hermana, la mayor, nunca le decía que no; sus hijos, unos corderitos. Y la gente le tenía ese miedo por respeto y amor. Era indiferente que la familia estuviera compuesta por elementos de lo más heterogéneo, que no existiera, en el fondo, armonía y que, en consecuencia, no pudiese existir felicidad familiar alguna allí dentro. Todos estaban acostumbrados a llevar la máscara del padre; después estaba la riqueza, que lo tapaba todo con su polvo dorado. Lo seguro es que la gente consideraba feliz la casa de Violandis, y aquel recién construido palacete de Kenurguia Ruga, con sus dos alargados balcones de uno a otro lado, lo consideraban dichoso y respetado como ninguno de los otros, los sobrios, los antiguos palacios venecianos, con sus escudos llenos de telarañas.

Cuando Panayís Violandis abrió la carta de Zamanos y vio de qué se trataba, su primer movimiento fue querer esconderla, y miró a su alrededor, asustado, por si acaso lo veían… Este miedo seguía poseyéndolo hasta el final. ¿Qué diría la gente si supiera una cosa así? ¿Qué estima le tendrían ya a él y a su casa, si supiera que un telegrafista granuja tuvo el atrevimiento de pedir a su hija y que su hija tuvo tal reacción?

Y no se atrevía a confiar en nadie, ni amigo, ni familiar, ni íntimo. Solo, sí, solo, iba a encontrarse con Zamanos y a "cantarle las cuarenta" que tenía planeadas. Eso, por supuesto, era seguro.

Sonriente, dulce como siempre, apareció por la tarde en Telégrafos, con la excusa de poner un telegrama. No lo necesitó, porque, exactamente en aquel momento, bajaba Jristakis solo.

¡Oh, mi queridísimo!, espetó Panayís con su acostumbrada efusión, te estaba buscando.

El joven se puso muy rojo. Un pálpito de alegría y de esperanza hizo subir la sangre a su rostro, y no había nada más hermoso que el rubor de un moreno. El estilo de Violandis le presagiaba algo bueno, seguro, y lo animaba.

La recibió…, susurró.

Sí, sí, hijo mío, la recibí… y por eso, precisamente, querría que habláramos los dos, pero sería mejor que no nos viera nadie. ¡Lo de la casa, en casa, amigo mío, Zamanos!... "¿Te parece bien que me adelante, yo solo, a algún sitio reservado y que, dentro de poco, vayas tú y nos encontremos?"

¿No es mejor aquí? dijo Jristakis de modo impaciente.

Y abrió la puerta de la planta baja. Era una habitación completamente vacía y casi sin luz. Violandis echó un vistazo a su solitud y pareció contento.

Está bien, dijo adelantándose.

Sí, respondió por detrás Zamanos, hasta ahora no hemos utilizado esta habitación y no entrará nadie. Además, cerramos también la puerta. Sabe usted… aquí estará la oficina de información… Ahora la están ordenando.

¿Ah, así, eh?, dijo Violandis mirando por todas partes, desde el suelo al techo.

Y cuando bajó sus ojos hacia el joven, que estaba ahora quieto enfrente de él, se había vuelto tan serio, que aquel empezó a sentirse perdido…

Primero, algunas palabras completamente intrascendentes. Se podría pensar que Violandis estaba buscando ponerse de su parte. De repente, de golpe, cambiando de aspecto:

Oye, muchacho. ¿Sabes quién soy yo?

Zamanos dio un paso atrás. Intentó susurrar algo, pero no lo consiguió.

¿Sabes que, si quiero, puedo causarte mucho daño?

Ninguna respuesta. Pero, tampoco Violandis esperaba respuesta; y siguió impetuoso:

¿Sabes que basta que mueva mi delgado dedo para destruir, si quiero, a tu padre?... ¿Sabes que puedo no dejaros ni a sol ni a sombra? ¿Sabes –ahora estamos nosotros dos- que si mando a mis hombres solo a escupir, te ahogan?... ¿Sabes que puedo mandar a un hombre a que te mutile, mientras yo me fumo un cigarro en Platíforo[4]? ¿Sabes que puedo hacer que pagues lo que has hecho?...

No recuerda Zamanos haber visto en su vida un rostro más salvaje y siniestro que el rostro del que, hasta ese momento, parecía su dulce amigo con sus gafas doradas y que ahora le estaba desgranando terribles amenazas. Se había quedado helado; ni una palabra salía de su boca, y lo miraba sin parpadear como magnetizado.

¡Eh, *bene*! Yo no te voy a hacer nada. Te perdonaré incluso por la carta que me enviaste y por la carta que enviaste a mi hija; ¡te perdonaré por todo el atrevimiento que tuviste, por toda la ofensa que produjiste en mi casa! Te dejaré tranquilo, no te haré el más mínimo daño, no diré a nadie nada... pero... pero... ¡mira!... ¡una cosa quiero de ti, solamente una cosa!

El miedo de Zamanos cedió a una sensación de alivio. Sin quererlo, hizo por extender las manos, con un movimiento de un hombre que se rinde y murmuró:

¿Qué quiere usted?

Panayís se acercó, lo cogió por la solapa de su chaqueta, y con una voz todavía más baja, pero con tono autoritario:

Me darás, le dijo, la carta que te envió mi hija.

Zamanos no pensaba en otra cosa que en salir, en librarse de aquella difícil situación. Un grandísimo arrepentimiento había inundado, de inmediato, su débil alma. Y el cobarde contestó:

---

[4] Los habitantes de Zante llaman «Platíforo» desde hace mucho tiempo a la calle más céntrica y social de la isla.

Con gusto; la llevo, por cierto, encima.

Sacó su billetero, cogió del fondo la hojita color pistacho con la margarita blanca y se la dio al padre.

Su mano le temblaba.

Panayís la cogió, la abrió y miró con atención de comerciante que controla la autenticidad del cambio de moneda y, asegurándose de que esa era la carta de Estela, la guardó en el bolsillo superior de su chaleco.

Gracias, dijo.

Y, con un movimiento reflejo, como si todo hubiera terminado, retrocedió y siguió hacia la puerta, y quedándose allí parado con la mano en el picaporte, preparado para abrir, dejó caer sus flechas partas[5]:

Ahora, muchachito, si te lo quitas de la cabeza, ¡te lo agradezco!, A mi hija no te la doy, te lo digo claramente, porque la hija de Panayís Violandis no es para el hijo de Zamanos. Por miles de cartas que te escriba, por miles de cartas que tú le mandes, para mí es igual… Y mira, no intentes otra vez lo mismo, porque, te lo he dicho, tengo la manera de ponerte en tu sitio… Quédate quieto, yo saldré primero; no hay necesidad de que nadie vea que hemos hablado a escondidas ni de que nadie conozca nada de esta historia. ¿Lo has oído? ¡Te hago responsable! ¡Chitón!

Entreabrió la puerta, comprobó que no hubiera nadie fuera y se fue como un ladrón.

Y Jristakis se quedó solo, con su sueño perdido… No había necesidad de que Violandis le hubiera recomendado silencio. No, no tenía intención de decírselo a nadie. El miedo que le atrapó cuando se enfureció el padre; el desprecio y la ofensa que le hizo; su movimiento cobarde de darle la carta por detrás a la primera amenaza: oh, el joven no podía presumir de ninguna de esas cosas y, habitualmente, solo hablaba cuando podía presumir. Ni siquiera se atrevería a distorsionar las cosas, ni, por asomo, se le pasaría por la cabeza insistir. Este mimado no tenía nada de varonil en su carácter y la primera dificultad paralizaba, de inmediato, toda su fuerza. Sentía como si cualquier resquicio de voluntad y sentimiento quedasen muertos

---

[5] Alusión a la capacidad de los jinetes partos en la técnica de lanzar sus flechas. Metafóricamente significa un golpe inesperado, astuto y certero.

y en aquel momento se dio cuenta de que ya había dejado de amar a Estela. Pero, ¿acaso alguna vez la quiso de verdad? ¿Acaso era capaz de amar a otra persona que no fuera a él mismo? No, solo quería jugar con ella y cuando vio que su juego tenía éxito, entonces le interesó seguir el buen consejo de su amigo. Ahora no se la daban, no lo querían. ¡Se terminó! Estaba decidido a acomodarse a su tranquilidad hasta que lo estimulara otro nuevo amorío. ¡Pero esta vez sin carta al padre! ¡Ah, hasta ahí podíamos llegar! Pero, desde luego, ¡nada de enredos con los padres! Cualquier hija de buena familia que lo quiera y lo desee, ¡que salga de casa para encontrarlo! Entonces, queriendo o sin querer, el viejo reventará la dote y –te lo juro– hubiera sido mejor que lo hubiera hecho así con Estela, sin prestar oído a Stephenson. ¿Qué? ¿Estamos, acaso, en Inglaterra? ¡Ahora se acabó!

Esto pensaba Jristakis los primeros días, y suspiraba, cuando estaba solo. Después, dejó también de pensar eso.

Cuando Stephenson le preguntó qué pasaba con la carta, Jristakis tomó la apariencia de una persona que quiere confesar algo, pero duda y, luego, aparentemente con decisión, dijo:

¿Quieres que te diga una cosa? Eh, no la mandé, amigo. En el último momento, me arrepentí. Deja que pase todavía un poco más de tiempo y veamos cómo van las cosas y puede que le diga a mi viejo que hable.

¡Oooh!, dijo el inglés con su bronco bramido habitual.

Después, amigo mío, tengo que añadirte otra cosa: la niña no me llena; no sé por qué, pero empecé a enfriarme.

¡Auh!, dijo el inglés, entonces no te cases con ella.

El asunto se arregló así y Jristakis se tranquilizó. Solamente, por la noche, durante bastante tiempo, cuando volvía a su casa, le sobrecogía el miedo y echaba a correr y a cada tanto miraba hacia atrás. Temía que le alcanzara de repente alguna porra.

¡No conocía bien a Panayís Violandis! No sabía que, por esa historia, nadie tenía que sufrir, excepto Estela, ¡ah!, ¡la desgraciada Estela!

IV

Ya de noche, cuando Violandis regresó, su criada le dijo que la señorita Estela se encontraba indispuesta en la cama.

¡Yo tengo la cura que la pondrá bien!, murmuró Panayís y subió directamente a la habitación de su hija.

Estela esta tendida, vestida. Una manta fina la cubría hasta la cintura; tenía las manos cruzadas detrás de la cabeza; su pecho se hinchaba por los suspiros. Tenía el semblante muy blanco, sus ojos ardientes, fijos en el techo. Sumergida en su desesperanza, ajena a lo que sucedía a su alrededor, ni siquiera se dio la vuelta para mirar cuando se abrió bruscamente la puerta.

¿Qué es lo que me has hecho, desgraciada? gritó Panayís fuera de sí ¿Qué vergüenzas son las que me has tirado a la cara?... "¿Soy tuya?" ¿Cómo escribiste tú tal cosa? ¿De quién eres, desgraciada? ¿A quién preguntaste para que te dijera de quién eres? ¿Con qué derecho te entregaste a una persona extraña? ¿Quién te dijo que decidieras por ti misma? ¿Cómo se te pasó por la cabeza que puedes dar siquiera una uña tuya sin que yo quiera?... ¿No hablas, desgraciada? Eh, ¿qué es esto?

Y lanzó ante los ojos de Estela la carta color pistacho con la margarita blanca.

Un débil espasmo alteró, por un momento, el cuerpo de la muchacha, pero no la despertó por completo de su letargo: sus ojos, inmóviles; su boca, muda.

Y habló y habló Panayís; echó espuma por la boca, ladró, rugió. Y, cuanto más decía, más se enfadaba; y ahora zarandeaba y sacudía a Estela; y acercaba a su oído su boca y rechinaba los dientes; y sus ojos salvajes se les salían de las órbitas y su voz le salía temblorosa y ronca como rabioso:

¡Perra, perra!...- ¿no hablas, desgraciada? ¿eh?

Ese silencio, esa apatía, lo ponía aún más fuera de sí. Atrapó de repente a Estela por las muñecas con sus férreas manos y la levantó como una masa sin vida y la arrastró y la arrojó abajo de la cama.

¡Madre mía!, gritó ella, y sus ojos arrojaron un rayo de miedo, y, con una mano apoyada en el suelo, giró la otra y se la puso delante de la cara como un escudo.

Ese movimiento instintivo despertó toda la maldad de Panayís. Y se abalanzó sobre ella, y la cogió del cuello y la apretaba para ahogarla y, después, empezó a darle puñetazos sin control alguno, por hombros, pecho y cabeza golpeándola sin piedad, con rabia, para terminar con ella, para liquidarla, como solo un padre puede golpear a su hija…Y como si se embriagara más con cada golpe, como si lo enfureciera la resistencia de la carne firme –porque otra cosa no tenía esa desgraciada– su paliza pareció no tener fin y, como el agotamiento físico no lo detenía, duraría mucho más todavía.

Pero, de repente, se abre la puerta y entra la señora Violandis, con los ojos aterrados, las manos cogidas y los labios apretados, toda ella una imagen sin voz y una súplica.

Entonces, Panayís dejó a su víctima, levantó la carta que estaba caída en el suelo, la extendió en la palma de su mano y la pegó en la cara de su mujer.

Mira, desgraciada, abre tus ojos para que veas qué hija tenemos. Lee, ¡anda!, ¡lee!, ¡anda! ¡No me preguntes por qué le pegué, porque, te lo juro por la Cruz, que te mataré a ti también!

Pero, estaba enferma, Panayís, murmuró la señora Violandis en voz baja, como si no quisiera que Estela la oyera, e intentó despegar la mano de su marido y echar un vistazo al cuerpo del delito.

¿Y a mí, qué me importa?, gritó Panayís resoplando. Que esté enferma, que se muera, que se vaya al diablo, eso le pido a Dios. Sí, ¡que se muera! ¡Eso es lo único que puede salvarla de su deshonra y de su vergüenza! Una muchacha que no siente vergüenza en escribir a un extraño "soy tuya", no puede vivir en mi casa. Y si no muere por ella misma, ¡lo haré yo con mis propias manos!

En vano la mujer de Violandis le hacía señas rogándole que dejara estas duras palabras, pues nada podía pararlo.

¡Pero, calla! gritó por fin la mujer. Te van a oír extraños, te va a oír la criada. Venga, vámonos de aquí, no te disgustes ya más.

Y poco a poco sacó fuera a Panayís, sin una gran resistencia, porque aquel recordatorio, el espantajo del mundo, lo volvió, de repente, sumiso. Y cerró la puerta y Estela se quedó sola, tirada allí abajo, en la alfombra de lino que estaba delante de la cama.

Había enterrado su cabeza entre el rosco de sus brazos. No se veía nada más que su pelo negro, echado para delante, revuelto, como olas negras de tempestad que, de improviso, se hubieran parado. Y gimió.

...Estas salvajes escenas se repetían diariamente en casa de Violandis. El recién construido palacete, con su cara feliz, se había convertido en un infierno. Estela, encerrada arriba en su habitación, la mayor parte del día tirada en la cama, y la mayor parte de la noche levantada –pálida, débil, magullada, tullida, pero con congojas muy terribles, con una grandísima pena y desesperanza ocultas en las profundidades de su alma- Estela, la enamorada, sufría martirios.

No lloraba, no hablaba, no se quejaba; ni diez palabras al día salían de sus marchitos labios y, como si se hubiese apoderado de ella obstinación, afasia, su orgullo hacía su martirio callado, profundo, terrible. Además, tampoco veía a nadie. Tan solo unos momentos subían su madre y su tía Ñoña para traerle un poco de comida. Katina y Nene, las pequeñas, no entraban nunca, porque les habían dicho que Estela tenía una enfermedad contagiosa, y la saludaban desde fuera.

Dadís, su hermano, –él también lo sabía, se lo dijo el propio Violandis para que lo tuviera en cuenta– no se le acercaba en absoluto, porque, si la viera delante de él, juraba: "la haré echar los higadillos". Estela todo este tiempo se quedaba sola. Los echaba: "dejadme, no quiero a nadie". Solo al viejo no se atrevía a decirle esas palabras. Él entraba a menudo, siempre salvaje, un animal, con la carta en la mano, para recordarle su deshonra, para mostrarle su asquerosidad, y la insultaba con las peores palabras y, en su excitación, al final, la golpeaba, unas veces poco, otras mucho, dependiendo de las ganas que tuviera, dependiendo de cómo interpretara el talante de Estela. Cuando le parecía humilde, arrepentida, su enfado se paralizaba un poco, pero cuando la veía inflexible e inconmovible, entonces se ponía rabioso.

Un día, Dadís, digno imitador de su padre, entró él también para hacerle una visita. Era Dadís un joven de unos veinte años, feo, de color negro verdoso, con bigote incipiente, movimientos vivos, vestimenta cuidada y llena de adornos, caricatura exacta del viejo Violandis, que era considerado un hombre guapo. Tenía un nulo desarrollo mental, ideas mezquinas y un montón de supersticiones. No podría verse una cosa más antipática que su frentecita estrecha y sus puntiagudos dientes amarillos.

La puerta se encontraba abierta y Dadís se paró en el umbral. Estela suspiraba en el pequeño diván.

¿Así, eh? le gritó; ¿así, eh? ¡Con esas nos vienes ahora!

Estela permanecía callada.

¿No oyes lo que te digo? dijo Dadís, dando algunos pasos. ¡Soy yo!

Déjame en paz, contestó Estela con desprecio.

Estaba acostumbrada, como hermana mayor a increpar siempre a su hermano, y Dadís, sin querer, la respetaba y al final cedía. Pero ahora se cambiaron las tornas; la acción de Estela la humilló y la despreció ante él; ya no era la hermana mayor con todos sus derechos; era culpable de haber conspirado contra la consideración de los hombres, contra la honra de la casa. Y Dadís era un hombre. Esta era la ocasión para vengarse de los derechos de primogenitura, para practicar su maldad.

¿A mí me hablas así, desgraciada? le preguntó saliéndosele los ojos de sus órbitas y adelantando unos pocos pasos más.

A ti, respondió con frialdad Estela.

Dadís profirió aquellos insultos vulgares que le había enseñado a la perfección su padre. Y el tono se parecía tanto, que en los labios de Estela apareció una amarga sonrisa y susurró:

De tal palo, tal astilla…

Esto lo escuchaba algunas veces de la mujer de Violandis, y sabía que no había otra cosa que enfureciera más a su hermano.

¿Qué dices?, bramó el pequeño Violandis. Y levantó su mano.

Estela extendía las suyas para protegerse, pero, con tanto ímpetu, que le dio un empujón. Dadís no necesitaba otro motivo para golpearla....

Y fue el principio.

El muchacho se envalentonó aún más después, cuando escuchó a su padre aprobar su acción. Y desde aquel día, no desaprovechó oportunidad para insultar y golpear a Estela. Y, poco a poco, su rabia, su salvajismo, aumentaba. Al principio, Estela oponía resistencia; pero, luego, se rindió: al final, era pegada tanto por su hermano como por su padre, con la misma sumisión, con la misma muda resignación. Y sus verdugos ahora eran dos.

Más duro, mucho más duro era Dadís. Quizás porque, por naturaleza, era más malvado que su padre, quizás, también, porque él era hermano. En el fondo del alma de Panayís Violandis se despertaba, por atavismo, el sentimiento del antiguo padre, que tenía a su hija como una propiedad y que podía venderla y sacar provecho de ella. Pero, en el alma de su hermano, el mismo atavismo despertó un sentimiento distinto. En otro tiempo, su hermana era su amante natural, su primera mujer; ¡él tenía derecho de tenerla de otra manera, de disfrutarla! Y me parece que la dureza de los hermanos en el tema de la honra, no es, en el fondo, más que celos irreconocibles, disfrazados; y que las criaturas desgraciadas se convierten, sin darse cuenta, en Otelos que matan a Casios y ahogan a Desdémonas.

Por eso, ahora, Dadís, en su primer ataque de locura, la amenazó con "liquidar a aquel, al vil Zamanos", y quizás habría hecho algún movimiento, si no se lo hubiera desaconsejado Panayís. Y, por eso, castigaba a su hermana con más dureza que su padre y su odio por ella era algo insaciable e interminable.

Y Estela, encerrada en su habitación, sufría. Se derretía como la cera por el calor, sin llama, sin humo. Solo, de vez en cuando, susurraba:

Esto se acabó... esto se ha acabado ya..., ¡ya no tengo sitio en la casa de mi padre!...

Un día, Katina y Nene engañaron a la niñera y, asustadas, poco a poco, entreabrieron la puerta prohibida.

Estela estaba en la cama, con los ojos cerrados, exhausta. Y estaba irreconocible. Como si su rostro hubiera empequeñecido y como si sus negros cabellos se hubieran encrespado. Su color amoratado, sus ojos hundidos, morados, por abajo; la punta de su nariz, amarilla y brillante. Y ¿qué más quiere para marchitarse un lirio?

¡Virgen mía, cómo se ha quedado...! dijo, mirándola Katina con curiosidad infantil.

Los ojitos de Nene se abrieron asustados. Una profunda pena se dibujó en el rostro de la pequeñita y su boquita balbuceaba bajito:

¡Ay! Se va a morir, Katina mía, se va a morir....

V

La prevención que tomaban para que no supiera nada la gente, aquel miedo que tenían siempre de que no se le escapara ninguna palabra delante de extraños, de que no oyeran los sirvientes y los vecinos ninguna escena, de que no supiera nadie la verdad. Daba doblemente la sensación de delito al delito que se venía cometiendo, poco a poco, en la casa de Violandis.

Estela, pues, estaba enferma. Para los amigos y para el mundo, la enfermedad era leve, sin importancia: "¡Ah, no os preocupéis!...". Para las hermanas pequeñas, la enfermedad era contagiosa, y no tenían que tener contacto con ella. ¿Acaso esto no era, según Panayís, una enfermedad? Él le decía en privado a su mujer que mañana también ellas les harían lo mismo. Los sirvientes no subían nunca arriba; los sustituía la tía Ñoña. La familia aparecía, a menudo, en las salas, y tenía siempre el mismo talante risueño y feliz, el mismo aspecto ilusorio de amor y armonía. Nadie supo, nadie sospechó nada. Los jóvenes susurraban que Estela "miraba" a Jristakis, pero nada más; incluso, ahora que Jristakis empezó a "mirar" a otra, su carta fue olvidada. Panayís Violandis podría aceptar, incluso, la enhorabuena por el juicio que mostró en una circunstancia tan difícil. La reputación no se dañó.

Y todos en la casa estaban de acuerdo; Dadís... ¡ya lo vimos! La mujer de Violandis, acostumbrada siempre a obedecer ciegamente a su marido, reconocía ahora también toda su razón, aunque intentaba algunas veces impedir las escenas, "para que Panayís no se irritara". Sin embargo, nunca animó a su hija, nunca la consoló, nunca le mostró que ella perdonaba su acción. Tía Ñoña lloraba amargamente cuando estaba sola; miraba con tristeza y cuidaba con simpatía a Estela, pero no se atrevió a quejarse a su hermano. Ni para lo bueno, ni para lo malo. Una vez, Panayís la escuchó hablar con dulzura a Estela, y la amenazó de mala manera:

¡Oye tú! ¿No sabes que te puedo echar? ¡Oposición, en mi casa, no quiero! Lo que hago yo, eso lo hacen todos. ¡Mira tú: mimándola ahora! ¡Lo que nos faltaba!

Ñoña no se atrevió más a hablar con dulzura a Estela.

Así Panayís la maltrataba sin control, un absoluto terrorista. No había nadie, nadie, que le dijera: "pero, en fin, ¿qué te hizo esta criatura para que quieras que muera? Ninguna protesta, ningún intento de conversación. ¡Menuda persona para entrar en razón! Ya era suficiente la carta que tenía en su bolsillo. ¿Podrías mostrarle tú que no fue escrita, que no fue enviada por su hija esta carta?... Castigarla, no quería otra cosa, no exigía otra cosa. Y para él, persona de cortas miras, sumido en prejuicios, criado con las tradiciones de aquellos antiguos arcontes que, en tiempos oscuros, bárbaros, torturaron, encarcelaron, mataron o sepultaron vivas, por razones semejantes, a sus hijas, –para él, digo– el crimen de Estela era digno de muerte.

¡Ojalá se muriera! Así estaríamos tranquilos de una vez por todas.

Dadís, sin embargo, no dejó el asunto aquí. Su dureza lo empujaba a intrigar, a mostrar una bondad falsa. Un día entró en la jaula de Violandis –os acordáis de esta jaula– y le dijo, con astucia de niño y seriedad de viejo:

Padre, me parece que Estela se ha arrepentido. Vamos a ver, porque este tema no me gusta. Tengo miedo por si acaso la gente sospecha algo, y, entonces, estaremos perdidos. Vamos a ver... Puede que no insista ya por aquel canalla, y, si la engatusamos, puede querer coger a otro, –eh, ya es su hora– y que la cosa se arregle así con tranquilidad. No me preocupo por ella, me interesa por nosotros, por nuestra casa.

Tienes razón, contestó Panayís. A lo mejor le encargo a tu madre tantearla.

¡Oh! Conocía muy bien Dadís el carácter de su hermana; sabía que no se había arrepentido, ¡al contrario! Ese modo de actuar solamente empeoraría su situación.

La mujer de Violandis, según el encargo de su marido, subió para hablarle.

Eran las vísperas de la Virgen. Pasado mañana la casa tendría una fiesta doble, −María se llamaba la mujer de Violandis− y qué bien si se pudiera alcanzar algún acuerdo, llegar a la reconciliación, bajar a Estela y sentarla a la mesa, aparecer ante la gente…

Vine a decirte dos palabras, dijo la mujer de Violandis, alegre.

Estela, mientras sostenía su frente con las dos manos, levantó los ojos y miró, sorprendida, a su madre. No estaba acostumbrada a tal talante.

¿Oyes?

¿Qué pasa?, susurró Estela.

Con pocas palabras la mujer de Violandis expuso su propuesta: caer a los pies de su padre y pedirle perdón; decirle que se había arrepentido de su acción; prometerle que a partir de ahora no haría nada sin su voluntad; asegurarle que dejó de pensar en Jristakis; y aquel estaba dispuesto a perdonarla y por el día que amaneciera pasado mañana, aceptarla en su regazo y ocuparse de casarla rápido, como ella merecía, con un joven bueno y provechoso… ¿Y por qué no?

Estela la escuchó sin interrumpirla, con el mismo talante que tenía cuando la golpeaban. Luego, bajó las manos de la cabeza, miró a su madre a los ojos y, con la tranquilidad y el sosiego propios de una situación normal, dijo:

¡No!

La mujer de Violandis se sobresaltó asustada; cruzó las manos, y con voz apagada, en un tono de reproche supremo, lo volvió a decir:

¿No?

¡No!, dijo Estela; y esta vez una ola agitó su primer sosiego, y la negativa salió de sus labios con obstinación y desprecio.

Pero, hija mía, ¿piensas lo que dices?, ¿piensas lo que haces? Preguntó la mujer de Violandis; y se volvió hacia atrás y cerró la puerta por miedo.

¡No!, dijo Estela por tercera vez y ahora era una tempestad completa de indignación y, junto con su voz, se puso ella también de pie, alta, altiva.

Y dijo:

¡No y mil veces no! lo que hice estaba mal y lo sé, pero ya lo hice. Le escribí "soy suya", y seré para siempre. Sí, caer a los pies de mi padre y besarle las manos y pedirle perdón por lo que hice, así, sin querer, en un momento de locura, de debilidad...pero que me perdone él también y que me dé a Jristakis... Ah, que no te parezca mal y ¡cállate! Bueno o malo, él, ahora, es para mí. Ya he estado en boca de la gente y esto es suficiente. Además ¿qué os importa a vosotros? Yo seré feliz. A mí me gusta. ¿Que es pobre? ¡Puf! Veo la felicidad que tenéis los ricos en vuestras casas... En fin, de otra manera no se puede hacer; ¡a otro, yo no elijo!

¿Pero, ¿eres tú dueña de ti?, tuvo tiempo de preguntar la mujer de Violandis.

¡Lo soy!

No. Es tu padre quien tiene la potestad sobre ti, sobre mí, sobre Dadís y Noña, y sobre todos.

No sé sobre vosotros, pero sobre mí no tiene el poder. Yo, yo tengo el poder de mi misma; ¡Aquí! ¡mira! ¡tengo el poder... tengo el poder!

Y dobló su dedo y lo mordió en el nudillo con rabia, mientras estaba hablando. Y el dolor dio a su voz un algo infinitamente trágico; y la mujer de Violandis, incluso ella, sintió que aquel momento era importante.

¿Qué quieres decir con esto?, preguntó con temor.

Eso, que sobre mi misma hago lo que quiero... ¿Puedo cortarme ahora la mano y tirarla por la ventana? Eh, tengo el poder sobre mi misma. Mi padre no puede hacer nada. ¿Qué, me va pegar? ¿Qué, me va encerrar? ¿Qué, me va matar? ¿Con eso, qué? Yo hago lo que quiero −sobre mí− y si yo no quiero, no elijo a otra persona. No; jamás me va a entregar al que él quiere. Os lo digo para que lo sepáis de una vez por todas, porque no volveré a decirlo. O Jristakis o ninguno. ¡Yo soy Estela, la hija de Violandis!

Y se dio un golpe en su ancho pecho, con fuerza, y de sus ojos sin lágrimas surgió un relámpago salvaje. ¡Oh, estaba bella en aquel momento! La pasión le coloreó, revitalizó el blanquísimo rostro; los pétalos del lirio cogieron un color rosa pálido; no aparecía ya huella de maltrato y, por un momento, la muchacha brilló con su anterior belleza, la altiva, con su anterior salud y vida.

La mujer de Violandis se vio obligada a bajar la cabeza. De repente, veía delante de ella una nueva fuerza que no conocía, que no había imaginado hasta ahora. De verdad esta era Estela la de Violandis, la hija de su padre.

He entendido, susurró con pena; pero, no piensas, desgraciada, ¿qué te va a pasar si tu padre escucha tal cosa?

¡No le tengo miedo! gritó Estela. Y ¿qué me va a hacer? Me matará… ¿hay otra cosa? Eh, te dije que no me importa. Yo no pido vivir, sino vivir feliz…. Si no puedo, mejor que me mate, mejor que me muera…. Espera que te diga. Si no hubiera escrito aquella carta, no me hubiera importado. Pero ahora, como la escribí, haré cualquier cosa para salvar mi reputación. ¿Me la salvará el matrimonio? ¿Me la salvará la muerte? Me da igual. ¿Me viste abrir la boca para quejarme alguna vez por las torturas que me habéis infligido durante tanto tiempo?

Pero, niña, ¿a quién le cuentas estos cuentos? dijo la mujer de Violandis con una mueca de impaciencia. ¿Y qué pasa si escribiste una carta que, en definitiva, la hemos recuperado?... Yo te diré lo qué pasa. Pasa que quieres a Jristakis.

Estela fue sacudida por un fuerte latido. Al principio iba a negarlo, a ocultarlo. No, no era esta la razón… Pero, luego, pensó que, ya que había empezado, debería decirlo todo; y como si supiera que sería la última vez que hablaría, sacó de una vez el coraje que había en la profundidad de su alma virginal y dijo:

Sí, lo quiero. Si no lo quisiera, no le hubiera contestado; si no lo quisiera, no me hubiera importado la carta –no soy ni la primera ni la última–, no insistiría en absoluto, y cogería al que quisiera mi padre. Pero lo amo, y haré todo lo que pueda para tenerlo.

¡Sácate eso de la cabeza, porque tu padre no le va a prestar oídos!, dijo la mujer de Violandis.

¡Quién sabe!... Al final, quizás sentirá pena y verá lo correcto. ¡Tenemos tantos ejemplos!

¡Ah! ¿Tales esperanzas tienes? ¡Oh, pobrecita, pobrecita! ¡No conoces a tu padre!

Posiblemente, pero yo ya no tengo sitio en esta casa. De repente, Estela se puso melancólica. Se sentó otra vez en su camita y con voz penosa, como si hablara sola, siguió:

¡No! ¡No! Ya no tengo sitio en esta casa… Con cada golpe que me dan, oigo en mi interior como una voz que me dice: "¡Vete!... ¡Vete!"

La mujer de Violandis se abalanzó fuera de sí, con las manos levantadas, con los ojos salvajes.

¿Qué has dicho?, gritó; ¿irte? ¡Ay qué pena y qué calamidad! ¡Irte!

¡No he dicho tal cosa!, dijo Estela con desprecio. Vosotros me lo decís a vuestra manera.

¡No, lo has dicho! replicó la mujer de Violandis. ¡Dijiste que te ibas a ir! Y mira bien, porque yo no…

El enfado ahogó su voz. Y miraba a su alrededor como si buscara agarrar algo para pegar a Estela.

Este comportamiento sacó a la luz toda la obstinación de la muchacha. ¡No, no lo ha dicho! Le ponían en su boca palabras que no dijo. Lo pensó, le pasó también por su cabeza, pero no, no lo había decidido. Y quizás no lo haría nunca, aunque la torturaran duramente, porque era Estela de Violandis, y tenía su orgullo y preferiría morir en lugar de que se oyera que se largó. Pero como era así, como querían convencerla a la fuerza de que lo había dicho, pues bien ¡ya verían!

¡Sí, lo dije!, gritó más fuerte que su madre. ¡Lo dije y lo haré!, hablaba con toda la osadía, desesperada, de un suicida.

La mujer de Violandis se quedó sorprendida. Su enfado se interrumpió, sus rodillas se aflojaron y se dejó caer en una silla, peso muerto. Pero fue solamente un momento de debilidad. En seguida, se levantó y con la mirada fulminó a Estela, y de su boca salió, en una frase cruel, toda la impresión que le provocó el repentino despertar de aquella alma fuerte, a la que hacían sufrir la violencia y la tortura:

Lo he entendido. ¡Tú, hija mía, tienes al diablo dentro!

VI

Dadís triunfaba. No, no había respondido Estela al mensaje de su padre. Y esto no era necesario que lo dijera la mujer de Violandis; esto se leía claramente en su cara enfadada y desesperada…

Sin embargo, Panayís insistía en que lo expusiera todo de cabo a rabo, y su mujer, como siempre, le echaba cuenta.

¿Así, eh?... ¡Bueno, bueno! decía a cada tanto Panayís. Y esta cantinela serena escondía tanto enfado y la expresión de sus ojos, tras las gafas doradas, se había tornado tan cruel, debido a sus pupilas ennegrecidas de salvaje horror, que la mujer de Violandis se asustó de verdad. Presentía toda la tempestad, que gestaba aquella insólita serenidad. Y, finalmente, uniendo las manos como para rogar, dijo con lágrimas:

¡Por Dios, Panayís mío!... Déjala, déjala ahora…se le pasará. Por los días que vienen, no merece que te perturbes y que te resientas. Déjala, que se pudra, para que se le quite el enfado. ¡Déjala!... Me da miedo que pudiera hacer una barbaridad.

¿Como qué…?, preguntó Violandis con su tono bajo más grave.

Yo pobre de mí, ¿cómo lo sé? Podría tirarse por la ventana…

¡Ojalá! ¡Que Dios oiga tus palabras!

Puede… ¿yo qué sé? Puede abrir la puerta y marcharse.

¿Eh? ¿Tal cosa te dijo?, preguntó Violandís con horror, como si lo galvanizaran.

No… no me lo dijo…, pero por sus otras palabras entendí que puede tener esto también en su cabeza. Imagínate, Panayís mío, qué vergüenza, qué calamidad, qué deshonra para nuestra casa que se sepa eso tan de repente. ¡Por Dios…!

¡No te preocupes, no te preocupes que no se te va a ir!, dijo Panayís más tranquilo "Doctores tiene la Iglesia…"; ya le ajustaré yo las cuentas, que…, la palabra se extinguió en sus labios y Panayís se hundió en sus pensamientos.

¡Qué cosa tan rara! pensaba Dadís, decepcionado. ¡Después de tantas cosas, que no suba en seguida arriba para destriparla! Por los clavos de Cristo, le entraban ganas de ir y hacerlo él mismo; pero pensaba lo de "donde manda patrón…", un dicho, que siempre estaba en boca de Panayís… Intentaba ahora excitarlo, repitiendo cada tanto, como si hablara solo, fingiendo dignidad:

¡Vaya tela, que sigue insistiendo!... ¡Vaya tela, dice que no quiere arrepentirse!... ¡Vaya tela, dice que lo quiere y no quiere elegir a otro!... ¡Es para matarla, por la Virgen, para matarla!

¡Pero a Panayís le traía al fresco! Fin. Dadis no reconocía hoy a su padre.

Después de mucho rato, –durante todo este tiempo, Panayís, como si no hubiera pasado nada, jugaba con las pequeñas hablándoles dulcemente–, lo vio saliendo del pasillo y lo escuchó subiendo la escalera. Sus esperanzas se revitalizaron y se paró a escuchar a escondidas… ¡Nueva decepción! Panayís pasó por la habitación de Estela, sin parar, y siguió subiendo hacia la buhardilla. Quién sabe qué buscaba allí arriba.

Se quedó más o menos un cuarto de hora y luego cogió de nuevo la pequeña escalera, estrecha y de caracol. Sin embargo, esta vez se detuvo en la puerta de Estela e incluso la abrió. Dadís lo escuchó muy bien y corrió. ¡Por fin!...

¡Pero nada, nada de lo que esperaba Dadís! Y hasta la misma Estela se extrañó por el talante, sereno, casi risueño de su verdugo. Seguramente su madre no le había dicho nada todavía y vendría para hablarle y engatusarla.

Estela, levántate, hija mía, y vamos arriba para que te enseñe una cosa.

Sin embargo, Estela podía ser engañada por muy poco tiempo. La llegada de esta invitación le hizo comprender que algo muy horrendo le esperaba. Y se levantó con palpitaciones de miedo.

¡Ven, vamos!

Dio unos pocos pasos. Pero la escena con su madre la había agotado, aniquilado tanto, que no tenía fuerza para sostenerse de pie.

¡Ven, no seas así! No tengas miedo, que no te voy a cortar la cabeza... ¿Me tomas por un perrero?

Estela se obligó a avanzar y, siguiendo a su padre, a llegar hasta el principio de la pequeña escalera que conducía a la buhardilla. Pero, a partir de ahí, no podía... La cara de color negro verdoso de Dadís, que estaba de pie como un espantapájaros en el pasillo, le quitó su último coraje y se apoyó en la pared para no caerse.

¿Así andamos? dijo Panayís con un tono de reprimenda amistosa. Ah, Estela, ¡no eres un roble!... Ven, por tu salud, dame tu manita, dámela, vida mía.... Ven, apóyate y sube... ¡Ten coraje!

Y le cogió la manita, la pasó por su brazo suave, dulce y cuidadosamente como si cogiera del brazo a su hijita para conducirla junto al yerno... Sí, sí, hacia alguien la conducía. Y ahora...

Desde hacía días, semanas, Estela no había sentido la mano paterna nada más que en el contacto momentáneo del golpe. Pero ¡qué era aquello comparado con esto! Oh, nada más frío, nada más asqueroso, nada más torturador había sufrido en su vida que el contacto suave y prolongado y este momento. Un beso que intercambiaran condenado y verdugo sobre un patíbulo no sería, seguramente, más repugnante.

Y empezó a subir el Gólgota, en un intento desesperado, como si tuviera prisa para que terminara aquel martirio insoportable, acrecentado por estos escalones de la estrecha escalera de caracol, acrecentado por esta sofocante cuesta que se hacía aún más horrible por la penumbra del crepúsculo, por aquella luz, que, a través de las dos pequeñas claraboyas, enviaba el día agonizante.

En el primer giro, se paró Panayís y, volviendo hacia atrás su cabeza con austeridad, ordenó:

¡Vete de aquí, Dadís! ¡Abajo, rápido! No tienes nada que hacer aquí.

Dadís desapareció como si fuera humo. Pero la cara de Panayís fue haciéndose más austera a medida que subían... Por fin llegaron a la buhardilla.

Panayís se adelantó directamente hacia una puerta estrecha de una sola hoja, la abrió y empujó suavemente a Estela para que entrara... ¡Al infierno, entraría al infierno con tal de soltar ya aquel brazo! Y entró y cayó en el suelo desnudo, como muerta, con los ojos abiertos. Panayís se quedó de pie en el umbral sosteniendo la hoja de la puerta. Su ancho cuerpo ocupaba todo el hueco.

¡Aquí! dijo: ¡aquí dentro te encerraré hasta que te arrepientas y me pidas perdón por escrito...! A pan y agua y nada más... Y quítate de la cabeza que te sacaré alguna vez de otra forma que no sea la que yo quiero... Eres Estela, dijiste a tu madre, pero yo también soy Panayís. Lucharemos. Obstinada tú, obstinado yo; y el que antes se aburra... Por cierto, cuando te aburras de tu vida, mira por la ventana que da a las tejas, te la dejo libre. Sal, ve exactamente al extremo y tírate. Con cuchara te recogeremos luego del patio... Te diré toda la verdad pura y dura: si no vuelves a la senda de Dios, esto será lo mejor. ¿Pasa por tu cabeza, acaso, algo más, hija mía? ¡Eh, será lo que Dios diga!

Por supuesto, Estela no tenía intención de contestar. Pero tampoco Violandis esperaba respuesta alguna. Cerró despacio la puertecita con un ademán miserable, lo más extraño que uno podría imaginarse; se llevó con él la llave y bajó.

Dadís triunfó...

La habitación de la buhardilla, donde habían encarcelado a Estela, era un cuartito extraño hecho solamente para que salieran por la ventana los albañiles y pasaran las tejas; por eso podría decirse que era solo una ventana. Debajo de aquel techito, bajo e inclinado, en el que, si acaso, podría estar de pie una persona, había una superficie suficiente para el colchón de paja y la silla hundida, -los únicos muebles que encontró allí Estela aparte de una tinaja de barro. La puerta se cerraba con un candado grande; enfrente, la ventana, con hojas verdes, garita aislada; las tejas empezaban, prácticamente, junto a su marco, y allí, en el extremo –Dios sabe cómo– había echado sus raíces una reseda.

Le recordaba este cuartito sus años de infancia. Aquí subía con Dadís –las pequeñas no habían nacido– y jugaban. Era su palacete. Todavía, el suelo y las paredes mantenían las huellas de los juegos del tiempo feliz… Allí, el gran tres en raya, que había grabado con su navaja Dadís en el suelo… Allí, los graciosos garabatos con lápices de colores en las paredes… Allí, también, una quemadura negra, allí en el extremo, por un petardo que por poco les saca los ojos… ¡Qué chico alocado aquel Dadís!… Se acuerda de cómo salía y andaba por las tejas y de cómo ella estaba de pie, asustada, en la ventana, y le gritaba: No, Dadís… ¡Te caerás!… ¡Te caerás rodando… Dadís! Y cómo aquel lo hacía, entonces, aún peor, para divertirse con su angustia…

Los recuerdos infantiles se despertaban sin querer en la mente de la encarcelada. ¡Cómo cambiaron las cosas con el paso del tiempo! ¡Quién le iba a decir entonces que aquel palacete alegre, ancho y feliz, el palacete feliz de la pequeña, le iba a parecer hoy tan estrecho, tan triste, con toda la luz que entraba con fuerza por su alta ventana! ¿Quién le iba a decir que un día la iban a encerrar allí dentro para expiar y negar su amor o morir?..

Violandis había dado órdenes terroríficas: "Que no se atreviera nadie a subir a la buhardilla porque le iba a cortar las piernas". Dadís se moría de curiosidad; la mujer de Violandis, a duras penas, escondía su preocupación; Ñoña derramaba amargas lágrimas; pero nadie se atrevía a desobedecer. Solamente Violandis subía dos o tres veces al día. Abría el candado, con la llave que siempre llevaba en su bolsillo, proyectaba su rostro, sereno y frío, probaba a sonreír y preguntaba:

¿Eh? ¿Te has arrepentido?

¡No!, respondía Estela. Y este "no" fue la única palabra que pronunció en todo este tiempo; y era algo denso y concentrado en tono y expresión, encerrando en sí todo lo que quería decir; y ¡era algo horrible y majestuoso!

¡Bien!, decía Violandis. Y le tiraba un trozo de pan, como si se lo tirara a un perro, y le dejaba allí en el suelo la jarra con agua, y sacaba fuera la vacía, y cerraba la puerta y bajaba.

Y lo mismo por la noche o por la mañana:

¿Eh? ¿Te has arrepentido?

¡No! ¡Mil veces no!

Aunque su vida allí dentro fuese tan dura e insoportable… ¡No!, aunque su martirio fuese terrible, inconcebible e inimaginable… ¡No!, aunque le quemara la flama del mediodía y le helara el rocío de la aurora… aunque la devorara el pan negro y duro, como ella lo devoraba … ¡No!, aunque le faltasen todas las cosas que amaba, aunque no tuviera con qué pasar sus tristes horas, en aquella desnudez y desolación… ¡No!

Y no tenía nada, de verdad. El infierno de su habitación, abajo, a pesar de la paliza que sufría, era un paraíso frente a este infierno. Allí por lo menos tenía alguna manualidad, tenía algún libro, y había momentos –¡quien lo creería!– que olvidaba su tristeza gracias al trabajo. No la habían despojado, de todas maneras, de todo lo que necesitaba para vivir como estaba acostumbrada y, quizás, si la hubieran dejado más tiempo –quién sabe– incluso, habría podido arrepentirse. Pero aquí, aquí en el cuchitril, con un colchón de paja, con una silla hundida, ¿Cómo olvidar? ¿Cómo arrepentirse?

Y ahora, solamente tenía dos cosas que le daban algún consuelo: el agua, que la sacaba fuera y se enfriaba, y le refrescaba su pecho ardiente, y la carta de Jristakis, que la tenía guardada en su regazo, fuego para el hielo de la aurora, frescura para la flama del mediodía, luz para la oscuridad de la noche. Sí; consiguió tener esta carta, aunque Violandis movió Roma con Santiago para quitársela. "No la tengo… por miedo de que la viera alguien, la quemé". Y lo decía con tanta insistencia, que la creyó. Y ahora la tenía, y la apretaba como un tesoro, y la sacaba para besarla mil veces al día… Se la había aprendido al dedillo, tan bien, que sabía con qué empezaba y con qué terminaba cada línea y tenía delante de ella la fisionomía de cada palabra, y por la noche las veía como ardientes en la oscuridad. Poco, muy poco tiempo dormía. El temor de la soledad lo adormecía la tristeza; pero esta la mantenía aún más insomne. Su poco dormir estaba lleno de sueños. Pero ¡ay de ella! Tampoco en estos encontraba la felicidad. Siempre veía a Jristakis, pero no un Jristakis como lo soñaba durante el día, sino un Jristakis diferente, frío, atroz, indiferente, malo.

¿Pero, por qué?

¿Acaso no la quería? ¡Ah, bah, imposible! Si ella le hubiera devuelto la carta… si él no había pasado nunca a verla, era seguro que su padre lo había amenazado. ¡Ah! ¡Cómo sufriría su querido! Y… ¡Quién sabe si su martirio no sería más duro que el suyo…!

Una vez, una tarde, le pareció verlo. Desde la ventana de la cárcel, se veía a lo lejos un trozo de la Kenurguia Ruga. Jristakis –sí, era él– pasó por allí apresurado, como asustado, y desapareció como un fantasma. Él miraría, por supuesto, a la terraza y a las ventanas de abajo. ¡Ah! ¡Cómo hacer para que levantara sus ojos hacia allí arriba! ¡Qué bien, si pasara otra vez y la viera…! Le haría señas para que pasara por la tarde, por la noche, para que se acercara, para que estuviera abajo y ella cortaría la floreciente reseda y, con peligro de muerte, avanzaría hasta el extremo del tejado, y le tiraría las flores y le diría: "¡Te amo, ámame!" Eso quería, fantaseaba con tal cosa. Y se quedó fija horas enteras en aquel trozo del camino, lejano… ¿Qué esperaba? ¿Cuánta esperanza podría tener ya? Dentro de la oscuridad de su alma, ¿por dónde saldría la luz?

VII

Ah, Jristakis no pasaba... y ella perdía, poco a poco, la esperanza, porque perdía, poco a poco también, la vida...

Suspiraba, se consumía, moría, y abajo la casa resonaba con risas de alegría.

Era el día de la Virgen. Violandis y la mujer de Violandis, Panayís y María, recibían las visitas y las felicitaciones de los amigos... La puerta abierta de par en par, los salones adornados con flores, de fiesta. Los de la casa se habían vestido con sus máscaras más alegres y la gente, mañana y tarde, subía y bajaba.

¿Y Estela? ¿Cómo está Estela?

Todavía débil, contestaba la mujer de Violandis, con expresión de tristeza pasajera.

La pobre, decía también Violandis con el mismo ademán; no sabéis cómo quería yo que bajara hoy; pero, si os digo la verdad, yo no la dejé. ¡Está tan débil!

¿Y de qué padece, corazón mío?

Pero, ni yo lo sé ... ¡una situación nerviosa, *mio caro*!

Es propio de la edad. ¿Por qué no la lleváis a algún viaje?

Esto me dijo también el médico. Pero no quiere..., ooooh, es muy reacia a los viajes... Sin embargo, yo decía de enviarla unos pocos días al campo.

Por la noche, se hizo también la pequeña reunión, la habitual. Las puertas de las terrazas abiertas y la terraza grande llena de señores y señoras. Hasta arriba, a la cárcel, llegaba la alegre algarabía.

Una señora cantaba al piano arias de *La Favorita;* un joven interpretó el imprescindible *Eri tu*, y luego cantaron los dos un dueto de *Ruy Blas.* Sus buenas voces resonaban con mucha pasión en el silencio de la noche estival, y los amantes de la música se paraban abajo para escuchar.

Estela estaba en la ventana. Más allá, se veía, en parte, la pared de la casa de enfrente y, encima, en este trozo amarillo, se formaba un cuadrilátero muy luminoso. Era por la puerta de la terraza de enfrente, abierta, y era parte de la fiesta, que caía allí arriba como la proyección de una imagen luminosa. Se veía la sombra pesada de la cortina corta de flecos, y, por debajo, se movían, iban y venían, otras sombras más tenues, mezcladas. En un momento, le pareció que vio a su madre, moviendo la cabeza por las risas y, en otro momento, a su padre, con aspecto y movimientos de felicidad... El ambiente era húmedo; desde abajo subía el olor de agosto, de la pasa seca; la luna todavía no había salido para oscurecer las luces de la ciudad que pintaban de rojo, por aquí y por allá, los vapores, y en el cielo negrísimo las estrellas brillaban como lágrimas.

Hundida en sus fúnebres cavilaciones, Estela se cogía la frente con las dos manos. Nunca le había impresionado tanto su situación, nunca había contado tanto el tamaño de su infelicidad como hoy por la noche, dentro de su cárcel, enfrente del cuadro luminoso. Sentía algo interminablemente doloroso, como si se hubiera empalagado en su interior su alma y los músculos de su cara empezaran a estallar en sollozos. Poco a poco, los espasmos se hacían más fuertes y le sacudían el cuerpo. Se tapó la cara con las manos, se apoyó en el poyete de la ventana y se entregó a aquel gran lamento. Las lágrimas, las tan infrecuentes lágrimas, corrían esta noche, por primera vez, como un río. Estuvo llorando horas. Todo el dolor, que había guardado en su interior durante tanto tiempo, estalló; todas las lágrimas que no había derramado, ahora se derramaron de golpe. Y junto a ella, lloraba la noche, y en el cielo negrísimo las estrellas brillaban como lágrimas.

Las luces se apagaron, los ruidos cesaron, el silencio de la noche se extendió por todas partes junto con la oscuridad, y ella lloraba. Así, prácticamente, la encontró el amanecer. Al día siguiente, ardía entera, tenía fiebre. Y al otro, y al otro...

Ahora sus amarillentas mejillas, los pétalos marchitos del lirio, tenían dos hoyuelos rojo pálido, como de sangre coagulada. Los ojos negrísimos, abiertos de par en par como asustados, echaban fuego. ¡Ah, el cirio se derretía ahora por efecto de la llama, una llama pálida, como si estuviera encendido, de día, dentro de alguna ermita…!

Y el poco apetito que tenía se le quitó completamente. Tampoco se metía ya en la boca el pan y, para no dejar sospecha, lo tiraba sobre las tejas. Solamente el agua, en su sed insaciable, no le bastaba ahora. Tumbada siempre en el colchón de paja, pero en vigilia noche y día, tenía la jarra de barro a su lado, y aprovechaba incluso las gotas que salían por los poros, y mojaba con ellas su pañuelo, y se lo ponía en su frente ardiente, en sus labios quemados… Dios mío, qué rápido se acababa el agua, qué rápido se quedaba vacía y seca la jarra, con qué anhelo esperaba la nueva. Y terminó siendo ahora su único dolor, y su único martirio, y su única esperanza y su único alivio. Su vida se apagaba y no tenía fuerzas, sino para beber agua. Cada vez que escuchaba los pasos de su padre, hacía el esfuerzo más heroico por levantarse del colchón y mostrarle que estaba bien, y para pronunciar, con firmeza, la misma respuesta, insistente y desesperada a la pregunta estereotipada de Violandis:

¿Eh? ¿Te has arrepentido?

No.

Y Violandis bajaba, sin sospechar nada. Los días pasaban y empezó a desesperarse. Había creído él que, después de unas pocas horas de tal encierro, Estela caería a sus pies. Sin embargo, eso no pasó, y al parecer, no pasaría. Y Violandis estaba muy preocupado en su interior. ¡No es que él se hubiera arrepentido, no es que le diera pena su hija! ¡Bah! ¡Que Dios nos proteja! ¿Sentir pena él por "la carne ajena" y después de tal descaro, de tal obstinación, de tal indecencia? Pero tenía miedo a la gente. Esta enfermedad misteriosa de Estela no era posible que durara sin sospecha, sin escándalo. Y buscaba alguna otra solución. Sacarla de repente de la casa, mandarla al campo, mandarla de viaje, y, allí ya, que viviera o muriera le era indiferente. ¿Pero, cómo hacerlo? Ante todos los suyos, su orgullo estaba expuesto. ¿Y con qué excusa podría salir Estela de su cárcel sin haber caído antes a sus pies? ¿No se tomaría esto por una rendición, por una debilidad suya?

En cualquier caso, no sabía qué hacer el hombre, cuando, de repente, llegó una noticia a sacarlo de su desconcierto. Jristakis Zamanos tenía un lio, se decía, con la hija del conde Markotsis y la había raptado, cariño mío, ayer por la noche, y… si te vi no me acuerdo.

Cuando escuchó tal cosa Panayís, se volvió loco de alegría y, en seguida, con un movimiento impulsivo, se metió la mano en el bolsillo y cogió la llave de la cerradura… Así, con la nueva situación del señor Jristakis, terminaría todo. ¡Qué bien! ¡Y mientras, podría ya abrir perfectamente la cárcel de Estela, le daría como indulgencia la noticia y, triunfador, le provocaría que se sintiera orgullosa de su querido, del joven honrado que, por su amor, se había atrevido a decir *no* a su padre!

Y su alegría era salvaje, una alegría vengadora, e imaginaba, con la indescriptible alegría de la satisfacción, toda la aflicción, toda la humillación, todo el desprecio que probaría la enamorada y orgullosa Estela. Corrió impaciente hacia la casa, y subió los escalones de dos en dos hasta que llegó a la buhardilla.

¡Qué le parecerá a Estela que me verá hoy sin pan ni agua!, pensó con una sonrisa macabra en su interior. ¡Creerá que la condeno a morir de hambre! Abrió la puerta y, así como jugando, puso la cabeza según su costumbre y preguntó:

¿Eh, te has arrepentido?

Le extrañó no escuchar el no, y miró. Estela estaba tumbada, inmóvil, con los ojos abiertos de par en par. A su lado, casi encima de su pecho, un papel arrugado y, al lado, la jarra de barro, quemada y muy seca.

Panayís sintió escalofríos y dio un paso… Miró mejor, y, en seguida, golpeando suavemente sus manos, con sorpresa, susurró:

¡Bah!, reventó…

Se quedó unos momentos inmóvil como una estatua, y luego se agachó para asegurarse.

Sí; Dios se apiadó de Estela y la libró de la noticia que le traía hoy su padre.

Su funeral fue "majestuoso y muy emocionante". El obispo con todos los sacerdotes de la *Cora* y de los pueblos, todos los coches, públicos y privados, todas las flores del mundo, dos discursos, un epitafio, elegías impresas de todos los poetas de Zante y lágrimas interminables. Se observó que Panayís lloraba con más amargura que ninguno. Incluso más que Dadís, que gritaba en la iglesia como cerdo que lo están matando. Y, si de verdad se hubiera arrepentido la familia Violandis por todo lo que habían hecho, no habrían llorado como lo hacía ahora, para mostrar al mundo una pena que no sentían.

Enhorabuena, querido Panayís, decían los amigos de la familia. Cumpliste con tu último deber para con tu hija como un buen padre. Nunca se había celebrado un funeral tal.

Eh, todo lo posible, contestaba Panayís con moderación. Lo que cogería como dote, que lo tenga ahora…

Y las lágrimas no lo dejaban terminar.

Sin embargo, por la noche, cuando la familia se quedó sola, Panayís se secó por completo sus lágrimas, adquirió su salvajismo habitual, se puso de pie, los miró a todos de uno en uno y dijo:

Que dé Dios lo mismo a todos los hijos que no escuchan a sus padres. Basta ya de lloriqueos. Ahora estamos solos.

A pesar de esto, con todo el secretismo de la familia, con todo el arte con el que arregló las cosas Panayis, algo se murmuró. La un tanto extraña enfermedad de Estela, la coincidencia de morir el mismo día en que se supo el caso de Jristakis, algo de las palabras a medias de la casa, la historia de amor, que era conocida por un círculo de personas, todo esto se relacionó, se comentó, y se dijo que la hija de Violandis "se envenenó a causa de Zamanos". Algunos lo creyeron, otros no; pero nadie supo nunca toda la verdad.

Quizás me pregunten ustedes si la boda de Jristakis fue el mismo día del funeral de Estela. No. Narro las cosas como son y, aunque hubiera sido bonito un contraste tal, lo siento, pero no puedo ofrecérselo. Se necesitó mucho tiempo para que el conde Markotsis se convenciera de contar la dote, y "la juventud de oro" del lugar tardó en celebrar junta esta boda feliz.